倫敦1929

杉浦 ルイ

1

倫敦 1929

玄関をノックする音が聞こえた。下宿先のミセス・フォードはびくりと身体を起こすと、夕食をとる手を止め、立ちあがった。僕もナイフとフォークを皿の上に置いた。

「セイジさん、そのまま続けて下さい」

ミセス・フォードはナプキンで口を拭いながらどたどたと玄関に向かった。夫のビルも席を立ち、夫人の後に続いた。双子の息子、ロイとポールはミセス・フォードに言われていた通り、食堂を出て、二階の自分達の部屋に行った。食卓に残るのは僕だけになった。

玄関からミセス・フォードとビルの声と訪問者の低い声が聞こえてくる。

「一体どうしたの！」

「とにかく帰って来たんだから」

ビルが夫人を落ち着かせている。

「うちの娘は途中で家に置いてきました」

訪問者の声はメリーの友達の父親だ。

「お手数をおかけし申し訳ございません」

ミセス・フォードが謝ると、訪問者が続けた。

「家に帰ったら、うちの下の娘の様子がおかしいので問い詰めたんです。そしたら、長女がお宅のお嬢さんと、ビクトリア駅から巴里に向かったたって」

「本当にとんでもないことを。私もメリーの帰りが遅いので工場に電話をしたら、定時に帰宅したたって言われて。それから直ぐに、ご主人から電話をいただいたんです」

「で、私はビクトリア駅に飛んで行きました。到着したのが発車のほんの数分前で！」

「まあ！」

「汽車に飛び込んで、夢中で客車の中を走って。二人を見つけたんです。腕を掴み、引きずり降ろしました。いえ、うちの娘を引きずり降ろしたんです。メリーさんは静かについて来てくれました」

訪問者は一呼吸置いた。

「うちの娘が首謀者なんです」

「巴里に行ってどうするつもりだったの？」

ミセス・フォードが責めるように問い掛ける。大人たちは返事を待ったが、メリーの声は聞こえてこない。

「メリーさんも疲れているでしょうし」

訪問者が言った。

「私はこれで。ご迷惑をおかけしました」

フォード夫妻が礼の言葉を繰り返す中、玄関の扉が閉まる音がした。ビルが何か言った。そして、ビルを先頭に、メリーとミセス・フォードが食堂に入って来た。

メリーは食卓の自分の席に座った。通勤用の紺のワンピースを着ている。髪が少し乱れ、頬は青白く生気がない。くすんだ空のような色の瞳は食卓の一点をじっと見ていた。ミセス・フォードとビルはメリーに向き合って座った。誰も口を開こうとせず、張り詰めた空気が食堂を支配した。下宿人が関わる場ではない。僕は食事の礼を言い、自分の部屋に戻った。

僕の部屋は三階にある。屋根裏部屋だ。部屋の窓には月明かりが射していた。窓際に立つと影絵のようになった隣家の屋根や煙突が見える。まだ九月だというのに、流れ込む風が冷たいので、僕は窓を閉めた。屋根に沿って傾斜する天井にぶら下がる電灯をつけると、狭い部屋が浮かび上がった。ベッドと机と箪笥があるだけだ。ちょうど、壁に掛かった鏡に自分の姿が映った。黒い髪。浅黒い肌。小さい鼻。黒い瞳。一日中、英国人だけを見ていると、鏡の中の自分が奇異に映る。

階下からミセス・フォードの声が響き始めた。ミセス・フォードはビクトリア朝生まれの女性らしい伝統的な考え方を持っている。家庭を第一に考える。規律を重んじる。子供の起床就寝時間には厳格で、食事の作法や言葉遣いにも注意を怠らない。日曜日には家族で教会に必ず行く。教育にも熱心で、双子を良い学校に通わせるために、わざわざ倫敦市の東部からこの西部に家族で移って来た。それなのに、今日は十九才の一人娘が家出を企てるという事件を引き起こした。ほんの数日前には、双子の息子が、まだ十一才なのに、煙草を隠し持っていたという騒動を起こしたばかりだった。

僕は椅子に腰掛けた。財布から愛子さんの写真を取り出し、亜米利加の映画女優のように美しく微笑むその姿に見入った。僕が倫敦にいる間、いつも持っていて欲しいと言って、愛子さん自ら浅草の写真館に行って撮ってきた写真だ。

愛子さんとは、六年前、英語の家庭教師をすることになり、それがきっかけで、交際が始まった。こうして半年の予定で英国に留学するにあたり、一番の気がかりだったのは愛子さんの事だ。しかし、古美術商、箱崎商会の社長の娘だけあって、愛子さんは広い視野を持っていた。英語教師である僕の渡英の必要性を理解してくれた。帰国した際にはご両親に結婚の許可を頂くつもりだ。

写真を財布に戻し、近況を伝える簡単な手紙を愛子さんに書いた。愛子さんには、倫敦の街や大学の様子を詳細に書いた手紙をほんの数日前に送っていた。しかし、今日の午後、箱崎商会の倫敦支店長の久光さんから連絡があり、何か用件があると言うことで、明日、支店に来るように呼ばれた。この手紙は、支店を訪問した際、東京への社内便の中に同封して貰う。

手紙の封をすると、僕はベッドに座り、駅で買った夕刊を広げた。

『マクドナルド首相、渡米。フーヴァー大統領と軍縮協議』という見出しが一面に掲載されている。マクドナルド首相は今年六月、女性も投票をする完全普通選挙で勝利して労働党内閣を誕生させた。この首相は五年前の一九二四年に英国で初の労働党内閣を発足させている。この時、僕はまだ大学生で、社会主義政権までも作ってしまう英国の懐の広さに感銘を覚えた。当時は英国が共産主義国になるかと思ったと、ビルが、先日、夕食の時に言っていた。実際には、第一次労働党内閣は一年と持たず、保守党に政権を明け渡した。

経済面には取引所での株価の下落が伝えられている。英国で著名な投資家の関連株の取引が停止されたことが引き金だった。株価は今月初めに米国で史上最高値をつけて以降、頭打ちになっている。英国では失業者の数が二百万人を優に超していた。

ページをめくり、社会面を見た。毎夜、倫敦で開かれる夜会に集まる人達の様子を書いた記事が載っている。夜会に入って行く着飾った女性達の写真入りだ。英国に渡航中にナポリで乗り合わせた英国人のジャーナリストが、昨今、倫敦は巴里などより余程美しく清潔で、着飾った婦人で溢れていると言っていた。確かに写真の女性たちは華やかで麗しい。

英国人はこのような夜会や上流階級のゴシップ記事が好きだ。特に大戦後の好景気のなかで生まれたブライト・ヤング・シング（明るい若者達）、一般にＢＹＴ（ビー・ワイ・ティー）と呼ばれる若者達が関わる夜会の記事が連日掲載される。この若者達は大抵が貴族や資産家の子息で、毎夜、退廃的な夜会を開いてはゴシップ欄をにぎわせている。今や、倫敦ではＢＹＴの行動は一種の社会現象として注目を浴びている。先の大戦で、大勢の若者が死んだことから、ＢＹＴは今だけを考えて生きようとしているらしい。古い価値観への反抗とも言われている。いずれにしても、ミセス・フォードに言わせれば、ＢＹＴは利己的で規律を破壊する集団だ。

階段がきしむ音がして、二階のメリーの部屋の扉が閉まる音が聞こえた。一歩間違えれば、今頃、仏蘭西に向かう船にメリーは乗っていたかもしれない。とにかく、事なきを得、今夜のところは区切りがついたのだろう。ミセス・フォードの声も聞こえなくなり、家にいつもの静寂が戻った。時計を見ると九時を回っている。僕は夕刊を閉じ、ベッドに横になった。

たちまち、眠気がさしてきた。うとうとしていると僕は学校の教室で生徒の前に立っていた。授業を始めようとすると、自分が何の準備もしてこなかったことに気付いた。気が動転し、顔が熱くなる。生徒達も落ち着きを失う。しまいには生徒全員が大きな口を開け、訳のわからないことをわめき出す。そこで目が覚めた。

一階から話し声が聞こえる。また、誰か訪ねてきたようだ。時計は十時を指している。ミセス・フォードの声が聞こえてくる。ビルの声も聞こえる。そして、女の声が聞こえる。今度は女性の訪問者だ。ふと、その女性が、セイジ、と僕の名を言ったような気がした。下宿先の家族以外に英国人の知り合いはいないのだから、僕を訪ねて来る人などいる筈がない。しかもこんな時間に。警察の類かとも思ったが、もちろん、身に覚えはない。第一、女性というのはおかしい。階段に顔を出して下の様子を窺った。

「セイジさん、いらっしゃいますか？」

今度ははっきりと聞こえた。ミセス・フォードがこんな時間に不謹慎だと言っている。僕は半信半疑で階段を下りて行った。すると、一階の玄関ホールの電燈の下で、若い女性がミセス・フォードとビルと向かい合っていた。女性は青いクローシェ帽をかぶり、同じ色のドレスに白い靴を履いている。すらりとした姿で、まるで、夕刊の社会面に載る夜会の出席者を見ているようだった。

僕を見て、女性の表情がぱっと明るくなった。

「セイジさん。良かった」

その馴れ馴れしさに肝を抜かれた。

「お友達なんですか？」

ミセス・フォードが僕を睨んだ。

「ドリスです。今日、午前中の講義で、あなたの後ろの席に座っていた」

ドリスの淡い茶色の瞳が僕を見ている。

僕は、今日、倫敦市内にある大学で初めて講義を聴講した。僕は教室の後ろの方に席をとって、教授が来るのを待っていた。徐々に生徒の数は増えてきたが、新年度の最初の講義ということもあり、無駄口をする者はいない。そこに、がやがやと、四人の男女が入って来て、選りに選って、僕のすぐ後ろの机に座った。四人は、何時に家に帰ったとか、シャンペンがどうしたとか、頭が痛いとか言っている。余りやかましいから席を移ろうかと思った。その時、教授が教室に入ってきた。すると、四人は話をぴたりとやめた。

背の高い白髪の教授は、手短に自分の紹介を済ませ、直ぐに講義を始めた。四人組からは物音一つ聞こえてこない。それがかえって気に掛かり、さりげなく後ろを振り向くと、女生徒と目が合った。僕は面食らって直ぐに前を向き直した。今、その同じ淡い茶色の瞳が下宿の玄関先で僕を見ている。

「クラスメートです」

僕はミセス・フォードに言った。ドリスは勝ち誇ったようにミセス・フォードを見た。しかし、ミセス・フォードも負けていない。厳めしい顔つきで、ドリスの服装に目を遣った。

「学生がこんな時間に何をしているんですか」

「友達に会うんです」

「ＢＹＴは忙しいわけね」

ミセス・フォードはＢＹＴという言葉を皮肉を込めて大げさに発音した。

「うちにもあなたくらいの娘がいますけど、もうとっくに寝てますよ」

ビルが小さな咳をした。

「とにかく、こういう時間に来られると困るなあ」

「申し訳ありません」

ドリスは謙虚に謝った。

「話があるなら」

ビルは僕を見た。

「手っ取り早くやって、引き取ってもらってくれ」

「五分で帰ってください」

ミセス・フォードは不満げに、ビルと居間に退いた。

僕は改めてドリスと向かい合った。ドリスが簡単に自己紹介をした。政治経済を専攻する三回生ということで、来年の夏には大学を卒業するようだ。

「私を覚えていてくれて助かったわ」

ドリスは居間のほうに目をやった。

「ミセス・フォードって、私の母と同じで。あの年代は苦手なんです」

「こんな時間ですから」

「シンデレラはおとぎ話ですよ」

ドリスは一人でぷっと笑った。

「あの、それで用件は？」

「ああ、そう。五分ですからね」

ドリスは真っすぐに僕を見た。

「明日、パーティーがあるんです。ご一緒してもらえないかと思って」

「僕がパーティーに？」

「ええ」

「どういうパーティーでしょうか？」

「神聖なんです」

「宗教的なものですか？」

「どうして？」

「神聖だって」

ドリスが笑った。神聖という言葉は流行語で素晴らしいという意味だと言った。

「セイジさんに是非来てもらいたくて」

まだ英国の日常作法も分かっていないのだから、パーティーなどに行く気はしない。

「せっかくですけど」

ドリスが僕の言葉を遮った。

「パーティーのテーマが『東洋』なんです。セイジさんにぴったりでしょう。日本から来たんですよね?」

「そうですが。でも、その東洋パーティーで、ぼくに講演でもしろとか?」

「まさか」

ドリスが笑った。

「仮装パーティーなんです。皆で、東洋風の、それなりの服装をして。友達と会ったり、新しい友達を見つけたり」

ドリスは邪気のない表情で僕を見る。しかし、仮装パーティーとは言っても、ドリスの今の服装を見れば、それなりの人達が出席する集まりになるのが想像できる。疲れるだけだ。僕は断る口実を探した。

そこに二階からとんとんとメリーが階段を降りてきた。メリーは部屋着に着替えていた。ドリスに軽い会釈をして、そのまま奥の台所に行った。

「こちらの娘さん?」

「そうです」

「寝ている筈よね。夢遊病の眠れる森の美女か。面白い下宿先ね」

ドリスは一人でまた笑った。

「そう言えば、僕の名前や住所とか、どうしてご存知なんですか?」

「教務課で聞いたんです」

「教務課では、生徒の名前や住所を聞けば教えてくれるんですか」

「聞き方にもよるわ」

ドリスは悪戯っぽく笑う。

台所で蛇口から水が落ちる音が聞こえた。そして、水の入ったコップを持ってメリーが出てきた。

「喉が渇いたんで」

通りがかりにメリーが小さな声で言った。僕はドリスを紹介しようと思ったが思いとどまった。夜会用のドレスを着たドリスを前に、部屋着姿のメリーはいかにも子供じみて見えた。ところがドリスのほうからメリーに話しかけた。

「はじめまして」

「こんばんは」

メリーもすぐに応じた。僕は慌ててメリーをドリスに紹介した。

「すてきなドレスですね。ノーマン・ハートニーですか」

メリーが気軽に聞く。

「そう。どう思います?」

「素敵です。いつも、雑誌で見るだけなんで」

二人の会話を聞いていると、同じ英国人女性同士なのに、アクセントが随分違う。ドリスは少し鼻にかかったような声でゆっくりと話す。メリーは語間が詰まるような倫敦の下町訛りだ。

「あんな妹が欲しかったわ」

メリーが二階の自分の部屋に戻るとドリスが言った。

「兄弟はいないのですか」

「兄がいたんですけど、スペイン風邪で亡くなって」

「すいません、変なことを」

ドリスはもう昔のことだと言った。

「それで、明日はお願いしますね」

「そっちのほうは」

僕は慌てたがドリスは落ち着いていた。

「気を遣うことは何もありませんから。お酒を飲んで楽しむだけで」

「そうは言っても、着て行く服も持っていませんし」

「キモノはありますか？」

「いえ」

「それなら、背広で来てくれればいいわ。心配しなくても大丈夫ですから」

ドリスは握っていた紙を僕に渡した。

「明日、六時にそこに来てくれますか」

紙には住所と電話番号が書かれている。

「私のアパートなんです。ロバートとローズとチャールズも来ます」

それは今日、教室で、ドリスと一緒にいた同級生達だった。

「アパートにまず集まって。それからパーティー会場に」

居間でミセス・フォードが咳払いをした。

「お願いします」

僕の返事を待たずドリスは玄関の扉を開けた。

「それじゃ、明日」

ドリスの張りのある声が、入り込む冷たい空気の中で響いた。通りにはえんじ色の車が停まっている。数人の男女が乗っている。車にエンジンがかかった。ドリスが乗りこむと、黄色い街燈が並ぶバルバニー通りを車は走り去った。

2

地下鉄のボンド・ストリート駅から地上に出ると、人口八百万人の大都市が目の前に広がった。自家用車、バス、タクシー、荷物車、自転車などが幾重にもなって大渋滞を演じている。歩道を行く人も、皆、忙しそうに先を急ぐ。黒い傘をステッキ代わりに進む紳士。買い物袋を提げた女性。澄まし顔で通り過ぎる婦人。鳥打帽をかぶった労務者風の男。用足しに走る小僧。最近の株式市場の混乱などお構いなしに、活気が街を包んでいる。

石造りの風格のある建物が並ぶ通りを進み、僕はニューボンド通りにある箱崎商会の倫敦支店を訪ねた。二階と三階にある洒落た出窓が目を引く四階建ての建物で、一階と二階に東洋の古美術品が展示されている。ここには一週間ほど前に挨拶に来ていたので、今回は二度目の訪問になる。ちょうど、客の応対を終えた久光さんと建物の入口で会い、僕は三階の支店長室に招かれた。久光さんは真っ白な頭髪と銅の様な赤茶色の肌がとても印象的な人物だ。

「お茶の時間にはまだ少し早いですが」

久光さんに勧められ、店員が持ってきた紅茶を僕は飲んだ。

「お元気そうですね。英国の生活にも慣れたわけだ」

「ええ、お陰さまで」

久光さんはティーカップをテーブルに置く僕の手を見ていた。

「今日、わざわざお越しいただいたのは」

久光さんの柔和な笑顔が消えた。

「実は、日本から電報が来て」

久光さんは背広の内ポケットに手を掛けたが思い止まった。

「愛子様の事ですが」

反射的に不安を感じた。

「何処かお体でも?」

「そういうことでは……そのですね、愛子様がご結婚されたということで」

「どなたが結婚されたんですか?」

「愛子様です」

「まさか」

「そう言う知らせでして」

「ご冗談を」

「日曜日に式が持たれたようです」

「誰がそんなことを言ってるんですか?」

「箱崎社長です」

久光さんは哀れむような目で僕を見た。そして、内ポケットから電報を取り出しそのまま読みだした。

—愛子の婚姻は、本人の希望通り、滞りなく行われた。念のため、今後、新波君から愛子への通信は厳に控えるようご通達されたし—

久光さんは電報をテーブルの上に置いた。僕はその電報を手に取って読んだ。しかし、そこには久光さんが読み上げた通りの文言しか並んでいない。

「今回のことは愛子様ご自身の希望とのことでもありますから、ここにある通り、愛子様の事はきっぱり忘れていただくようにお願いしたいのですが。あなたの人生の一幕が閉じて、新しい幕が開く。立つ鳥跡を濁さずと言いますし」

何を月並みなことを言っているのか。混乱と怒りが同時に僕の頭に噴き出した。僕の人生のすべてがひっくり返った。しかも、こんなただの電報一通で。久光さんはこの不当性を理解していない。しかし、久光さんに抗議しても仕方がない。僕は席を立った。

「こう言うことは往々にしてあることで。君はまだ若いから」

支店長室を出る僕の背中を久光さんは無神経に叩いた。

通りに出て、僕は大使館に向かった。空は雲に覆われ、冷たい風が僕の身体に巻き付いた。行き交う英国人達は僕の心情も理解せず、白々しい顔をして通り過ぎる。

大使館に到着すると、留置きの手紙を確認した。果たして、愛子さんからの手紙があった。愛子さんから受け取る初めての手紙だ。消印は八月十日で、僕が日本を発って、一か月程経ってから出されていた。その場で封を切った。大使館の訪問者が入れ替わり立ち替わりする部屋の隅に立ち、手紙を読んだ。読み進めるにつれ、僕の気力はどんどん失われていった。

六年間、英語を通じて深めた親交を愛子さんは楽しい思い出だったと言った。しかし、二十三才になり、いつまでも学生のような気ではいけないと、僕が出国してから、両親に勧められお見合いをし、その人と結婚することになる。倫敦では勉強に励んでくれ。大変、お世話になりました。これが最後の手紙になると。

僕は大使館のロビーで椅子を見つけ、しばらく座った。何万キロも離れた国で行われた結婚式の風景が頭に入り込んでくる。何故、こんなことになったのか？　原因を探した。結論を求めた。策を練った。しかし、こうして、愛子さんからの手紙も読み、それが両親の認めた婚姻であるなら、倫敦にいる僕に一体何が出来る。

僕は大使館を出た。ソーホー周辺をふらついた。しかし、気持ちは晴れない。交差点で立ち止まり、ポケットに手を入れると、ドリスから受け取ったメモに指が触れた。

ドリスのアパートはラッセル・スクエアー公園に面する三階建ての新しい建物にあった。

建物の玄関は歩道から数段階段を上ったところにある。中に入ると、ロビーには黒と白の大理石が敷かれ、天井は高く、壁には流行の幾何学的な装飾が施されている。気後れするほど近代的で贅沢に設計された建物だ。受付が置かれているが、人はいない。僕はそのままロビーを横切り、昇降機に乗り、三階で降りた。部屋の番号を確認しながら、人の影が映る程きれいに磨かれている廊下を進むと、ドリスの部屋は直ぐに見つかった。

扉を叩いた。すると、ネクタイが曲がっていないか確かめる間もなく、扉が開き、ドリスが現れた。

「セイジさん！　本当に良く来てくれたわ。急だったのに。道に迷わなかった？」

大げさな歓迎を受けた。日本の上空を漂っていたような僕の心が、一瞬にして、倫敦に引き戻された。ドリスは紫色のドレスを着ていた。首元には真珠の首飾りが巻かれている。昨夜とはまた違う上品な服装だ。部屋に招かれると、中は玄関からすぐに居間になっている。タキシードを着た背の高い男がドリスの後ろに立っていた。

「ロバートです」

手を差し出すロバートと僕は握手をした。昨日、教室でドリスと一緒に僕の後ろの席に座った学生の一人だった。ロバートは体格も良く、均整の取れた端正な顔つきをしている。青い目の下に縫ったような傷がある。

「セイジさんに極東の様子を聞いたらいいわ。何せ、セイジさんは日本から来たんだから」

ロバートが、特に政治に興味を持っているので日本のことを教えてあげてくれと、ドリスが息を弾ませて言った。ロバートは苦笑いをして、後で話そうと言った。

僕はゆったりとした居間に目を遣った。中央にソファーが置かれている。

「素晴らしいアパートですね」

「今年、越してきたばかりなんです」

「ご両親とご一緒に？」

「両親は実家にいます」

「それじゃあ、お一人で？」

ドリスが頷いた。

「自由で幸運な女性だよ」

ロバートが言った。

「そんなに……」

「僕は……」

「後で……」

「分かったよ……」

ドリスが僕を見て笑った。しかし、ドリスとロバートが何を話していたのか分からなかった。英国人と一対一で話すのであれば、会話は出来るのだが、英国人同士の会話になると上手く聞きとれない。話が分からないから、作り笑いしかできない。

ロバートは話しながら、ドリスの腰に手を当て、自分の身体に引き寄せると、そのままドリスの唇にキスをした。僕は思わず目を反らした。ドリスは笑いながら、ロバートの手を腰から振りほどいた。そして、僕に、ソファーに座るよう言ってから、ロバートと部屋の奥にある台所に行った。

ソファーに座り、僕は居間を見回した。建物と同じように新しく清潔な部屋だ。壁は白く塗られ、絵や写真が掛かっている。床にはクリーム色の絨毯が敷かれ、正面の大きな窓の向こうで公園の木の梢が揺れている。奥にはまだ部屋がある。立地、広さ、環境、どれをとっても申し分ない。僕の屋根裏部屋は、部屋と呼ぶことさえおこがましい。

ロバートがワインの瓶を手にして戻って来た。

「昨日の夜は……」

ロバートの低い声を僕は聞きとれなかった。

「すいません、もう一度」

今度は、嫌味なほどに、ゆっくりと口を動かした。

「昨日の夜、ドリスには驚かされたでしょう？」

「ええ、時間が時間でしたし」

「ドリスにはそういうところがあって。思いつくと、止まらないというか」

ロバートはソファーに座り足を組んだ。ロバートはタキシードで正装している。僕は茶色の背広を着ているだけだ。

「背広で来れば良いと言われたんですが」

「心配はないですよ」

ロバートは笑ったが、恥をかかされるのは僕だ。

「大丈夫よ」

ドリスがワイングラスをテーブルに並べながらソファーに座った。

「ローズとチャールズが準備してるから。昨日、教室で、セイジさんを見かけて、閃いたの。もう少し待っていて」

ロバートが手際よくコルクを抜き、滑らかな流線形を描くワイングラスにワインを注いだ。

「新しい友情のために」

ドリスの言葉で僕達は乾杯をした。日本からの突然の知らせに翻弄された日に、倫敦で初めて味わうワインはほろ苦かった。ロバートは隣に座るドリスの肩に腕を回した。ドリスは一口二口と気持ちよさそうにワインを飲んだ。

「それで、日本の政治はどうなってるの？　政治家は真面目に仕事をしている？」

そう僕に問いかけながら、ドリスはロバートにウインクをして見せた。

「日本では新しい内閣ができたところです」

「ライオン宰相ですね」

ロバートが言った。

「ご存知ですか」

「勿論」

「ライオン？」

ドリスが聞いた。

「首相のあだ名です。風貌からです。厳格な性格もあって」

「神聖ね」

「期待は出来そうですか？」

「外交で協調路線を取るはずなので」

「ああ、軍縮の話か」

ロバートはワインを口にした。

「マクドナルド首相が倫敦での軍縮会議を模索してますね。でも、今、必要なのは強いリーダー。そう思いませんか？　今の政治家は足の引っ張り合いしかしない」

「確かに。日本にはマクドナルド首相のような政治家はなかなかいませんから」

「マクドナルド首相なんて話になりませんよ」

ロバートは切り捨てた。

「僕は伊太利亜に注目してます。伊太利亜では若者達が積極的に政治に参加しています」

「でも、日本では？　ライオン宰相の人気はどうなの？」

話を戻すように、ドリスが僕に聞く。しかし、ロバートは気に留めない。

「伊太利亜の若者達の情熱は本物です」

語気を強めて話すロバートの横でドリスは溜息をついた。

「国家を中心としたユートピアを作るためです。マグマのように熱い潮流ですよ」

「独逸ではナチスという党も台頭しているそうですね」

「そうです。全く同じ潮流です」

「セイジさん、どうぞ」

ドリスは僕のグラスにワインを注ぎ足した。

「セイジさん、恋人は日本に置いて来たの？」

唐突な質問を受けた。

「その、好きな人はいたんですが」

「いたってことは？」

ドリスは、さらりと聞く。ドリスの澄んだ声のせいか、英語という流れるようなリズムのせいか、ドリスに聞かれて英語で考えてみると、物事が簡単なことのように思えて来る。

「その方が、先日、結婚をして」

「あら」

僕は久光さんとの面会と愛子さんからの手紙のことを話してしまった。

「どうも、僕は何も分かっていなかったようで」

「気の毒だったわね」

ドリスは事情を理解してくれた。しかし、ふっきれない顔つきをしている。

「でも、日本では結婚相手を自分で選ばないの？」

「普通は、親が選んだ人と会って、結婚になります」

「親が気にいっても、自分が嫌なら、断るんでしょう？」

「断るっていうのは余りないかもしれません。特に女性の方から断ると言うのは稀です」

「それじゃあ、嫌な人と結婚することもあるの？」

「普通にあります」

「まさか、セイジさんの恋人は、親が選んだ人と嫌々結婚をしたわけじゃあないんでしょう？」

「嫌々かどうかは分かりませんが」

「私は自分の結婚相手は自分で決めるわ。自分の人生なんだから」

「それは西欧的な考え方で。でも、僕もそれが一番だとは思います」

「それで、セイジさん、どうするの？　その恋人に手紙を書くの？」

「いえ、もう結婚してしまったわけですから。英国からは何もできないし。忘れるしかないと思います」

「そうね。くよくよしても仕方ないわ。ハンサムさん」

「ハンサムさん？」

「そうよ、ハンサムじゃない」

ドリスは笑った。ハンサムが単に呼びかけの言葉だとは分かっていても、気持ちは軽くなった。

「今夜のパーティーで気を紛らせばいいわ」

「倫敦のパーティーには出たことはありますか？」

しばらく黙っていたロバートが聞いた。

「ありません」

「それなら、今夜は英国人の妙な一面が見えて楽しめるかもしれませんよ」

「妙な一面てどういうこと？」

ドリスが疑るような目でロバートを見た。

「浪費好きなところかな。金も時間も資源も浪費ばかりして。この二年間、いろいろなパーティーに出たけど、そこから何か得たかって言うと、結局、何もなかったかな」

「そんなことないわ。パーティーがあるから、セイジさんのような新しい友達に会えたじゃない。いろいろな人に会って、いろいろな話を聞けるし」

「それが浪費だって言ってるんだよ」

呆れたように首を横に振りながらドリスは立ち上がった。

「ジャズは……」

「はい？」

話題が急に変わり、また、言葉が聞きとれない。ドリスが繰り返した。

「ジャズは好きですか？」

「ああ、ジャズですか。日本でも流行ってます」

ドリスは壁際に置かれた蓄音機に行って、レコードをかけた。軽やかなジャズ音楽が流れ始めると、愛子さんと、時折通った銀座のジャズバーを思い出した。ドリスが戻って来て、今度は僕の隣に座り、僕を現実に引き戻してくれた。

話をしていくと、ドリスとロバートの家柄が分かった。ドリスは英国中西部にあるラドローという町の出身だ。古い町で、中世に建造された城を中心に栄えた。町には古い街並みが今も残っているそうだ。父親は実業家で鉄鋼業を営んでいる。母親は女性の教育や地位の向上に熱心だ。ロバートによると一家は随分大きな屋敷に住んでいるらしい。

「十七世紀に貴族が建てた家ですよ。機会があれば行ったら良い」

「そうね、是非。田舎だけど、外国人を見たら、町の人も驚いて目を覚ますかもしれない」

ロバートは英国北部のヨークの出身で、父親は大学教授だ。地元の全寮制の私立学校を卒業していた。男ばかりの四人兄弟で、ロバートはその末っ子だ。兄達は、皆、屈強で、ボクシングをしたそうだ。しかし、長男と二男は大戦で亡くなっていた。

「確かなのは人生は待ってくれないってこと」

そう言って、ドリスは皆のワイングラスを満たし直した。そして、三人で、もう一度乾杯をした。

「今夜は楽しみましょう」

「また、戦争が始まる前に」

ロバートが言った。

「戦争？」

ドリスが暗い顔をする。

「戦争なんて。また起きると思います？」

「軍縮会議を続けていけば、なんとか」

「軍隊なんてなくなってしまえばいいのに」

ロバートは首を横に振った。

「僕はあの大戦以上の戦争が直に起きるって見ていますね。でも、それは悪いことじゃない。その戦争の後で新しい体制が完成するはずですから」

「私たちは戦争と戦争の間に埋もれていく世代なんだって」

雑誌にそう書いてあったとドリスが言った。

「神聖じゃないわ」

「そんなに悲観することはない。次の世界は僕達が作ればいいんだ」

「どんな世界になるんですか？」

蓄音機のレコードがちょうど止まった。ドリスは即座に立ち上がり、まるで、悲劇役者のように、詩のようなものをそらんじた。

「ああ、春の若芽は何ゆえ凡庸な時を過ごすのか。目の前に広がる嵐に目をそむけて」

そして、ドリスは物憂い曲をかけた。

「ダンスはします？」

ドリスが振り返って聞いた。

「全くできません」

「それなら倫敦で始めたらいいわ」

ドリスはまた僕の横に戻って来た。

「スポーツは？」

「日本人なら柔道でしょう」

ロバートが言った。

「あら、神聖だわ。柔道は日本の国技でしょう」

ドリスが急に活気を取り戻した。

「本で読んだわ。精神と肉体のバランスを大切にするって」

「わーっ！」

ドリスがいきなり僕の胸のあたりを掴んだ。

「柔道の肉体ね」

「いえ、柔道はやりません」

ドリスはがっかりして、手を僕の胸から離した。そして、立ち上がると、蓄音機の前へ行き、グラスを持ったまま、ゆっくりと腕を波のように動かしながら一人で踊りだした。ロバートは黙ってドリスの動きを追っていた。僕はドリスに掴まれた背広の胸を正して、ワインを口に含んだ。そして窓を見た。日が落ち、外は暗くなり、ドリスのドレスが窓硝子で舞っている。その奥に、ソファーに座る僕の姿が見えた。少し酔ってきた。

その時、誰かが玄関をノックした。ドリスは一目散に玄関に走った。扉を開けると、一組の男女が入って来た。ローズとチャールズだ。ローズは小柄だが肉つきの良い女性で、挨拶をすると、空のような青い大きな目で僕を見つめた。チャールズは髪の毛が人参のようなオレンジ色をしている。顔一面にそばかすが広がり、部屋の暖気で頬が赤くなっている。

二人の到着でアパートが急に騒がしくなった。

「大丈夫だった？」

チャールズが抱える包みを見つめるドリスの目が輝いている。

「勿論」

ローズが答えた。

「交通渋滞がひどすぎるよ。政府は」

チャールズの言葉をローズが遮った。

「いいから、テーブルに置いて。皆、待ってるんだから」

チャールズは直ぐに包みをテーブルの上に置いた。ローズが包みをほどくと、中から日本の羽織が現れた。ローズは一番上に載っていた羽織を取り上げ、ドリスに渡した。桜の花が描かれた美しい羽織だ。ドリスは、早速、紫色のドレスの上に羽織を纏い、皆の前で、くるりと回って見せた。

「神聖よ」

ローズが歓声を上げた。

「どう？」

ドリスが僕を見る。茶色の断髪に羽織が意外に調和している。

「西洋と東洋の組み合わせが」

「荒唐無稽？」

ロバートが言った。

「いいえ、斬新だと思います」

ローズも絞りが入った羽織を広げドレスの上に羽織ってみた。

「良く似合うよ」

チャールズが喜ぶが、ローズはしっくりこないようだ。

「あなたに言われてもねえ」

「本当だよ。君ほど神聖な人はいないよ」

「分かったわよ。いいから、あなたも着てみなさい」

チャールズは、言われた通り、羽織を手に取り、タキシードの上に着た。大柄で少し腹が出ている身体には少々きつそうに見える。新橋の料亭かどこかで、外国人が芸者の羽織を着て遊んでいるようにも見える。僕とロバートもドリスから羽織を手渡された。僕の羽織の背には弓矢が描かれていた。その羽織を背広の上に着て、前紐を結んでいると、自分も外国人になって日本文化を外から覗いているような気になる。

ローズが持ってきたシャンペンの瓶をテーブルの上に置いた。チャールズが栓を開け、皆にふるまう。『東洋パーティーのために』と言って乾杯をすると、学生達は当たり前のようにシャンペンを飲み始めた。

人参頭のチャールズと青い目のローズは共に倫敦の出身だった。チャールズは外交官の父親を持ち、ローズの父親は金融業を営んでいるそうだ。四人は同級生で、大学に入学した年からの仲間だった。

「私とドリスが最初に付き合っていたのよ」

ローズの言葉に僕は頷いた。

「そうじゃなくて」

ローズは言い直した。

「恋人同士だったの」

「お二人が？」

僕はドリスとローズを交互に見た。

「ドリスさんはロバートさんとお付き合いしているんじゃ？」

ローズの青い目がもどかしそうに動いた。

「だから、そこがね。私とドリスが最初に恋人同士だったの」

「女性同士で？」

ローズは頷いた。

「そうでしょ、ドリス？」

「私はあなたを今でも愛しているわよ」

ローズがドリスに聞き返した。

「友達として？」

ドリスが頷く。

「それじゃあ、愛じゃないわ」

「でも、自分の気持ちには素直に従うべきでしょう」

「そんなことばっかり言って」

ドリスは笑いながら、空になったローズのグラスにシャンペンを注いだ。ローズはシャンペンを口にしてから言った。

「とにかく、こんなことになったのは。一回生の年の。いつだったかな」

「四月八日だよ」

チャールズが言った。

「チャールズは記憶力がいいの」

ローズが皮肉を込めて言う。

「とにかく、その日にチャールズが私をパーティーに誘ったの。で、私がドリスを連れて行きたいって言ったら、数合わせに、ロバートを連れて来たの。チャールズは私とドリスのことを知らなかったから」

「僕は数合わせか」

ロバートが苦笑いをした。ローズは続けた。

「でも、それが失敗。ドリスがパーティーでロバートに恋をしちゃって。本当に許せないわ」

ローズはロバートを睨んだ。

「ドリスを粗末に扱ったら承知しないわよ」

ロバートは両手を広げ、肩をすぼめた。

「問題は複雑だけど、解決は簡単なんです」

チャールズが赤く膨らんだ顔を僕に向けた。

「ローズが僕の恋人に収まればいい」

ローズはチャールズを睨んだ。チャールズが続ける。

「それで、ドリスとロバート。ローズと僕。四人の関係は真四角になり、すべて解決する。簡単でしょう?」

「悪い冗談は止めて」

ローズは相手にしない。

「セイジさんが一人じゃない。どうするの?」

ドリスが言った。

「それは今夜のパーティーで糸口を見つければいい」

チャールズが不意に口を閉ざした。ローズが急に席を立ったからだ。ローズは何も言わず、一人で奥の部屋に行ってしまった。僕たちは顔を見合わせた。数分でローズは部屋から出て来た。同時にドリスが叫んだ。

「素敵よ、ローズ」

ローズは着ていたドレスを脱いでしまって、羽織を身に着けているだけだった。腰にベルトを巻き、両脚は膝の上からむき出しになっている。

「これですっきりした。出発よ」

ローズが晴れやかに言った。

3

外に出ると、ひどい霧が街を覆っていた。昼間のあわただしさがまだ残る通りに、車の黄色いヘッドライトが、白くくすんだ霧のカーテンの中から次々と現れる。ロバートがタクシーを指笛で呼び止め、五人で乗りこんだ。

「春が来るまで、また、こんな調子ね」

ドリスが言うと、ローズもタクシーの窓越しに空を見上げた。

「たまには星空も見たいわ」

「『日が暮れて、鳥が巣に戻る頃』」

ドリスが聞いたことがあるような曲を口ずさみ始めた。

「『恋人達は愛を語らい始め、私は青い天国に急ごう』」

ローズと男達も一緒に歌い始めた。同じ歌を何度も繰り返し、『青い天国に急ごう』の所では、皆、一段と声を張り上げる。タクシーの運転手は面白半分にルームミラーで僕達の様子を見ている。ドリスが僕も歌うように催促した。かすれ声を出してみると何とか歌えた。そして、何回か繰り返すうちに僕も一緒に大声を上げていた。

メイフェアの街路を進み、タクシーはパーティー会場になっているパークレーン通りにある大きなホテルに到着した。最近建設されたばかりのホテルだ。この場所には、以前、貴族の古い邸宅があったそうだ。しかし、それがあまりに贅沢で壮大な建物であったため、その貴族自身が手に負えなくなり、大戦後、売りに出された。そして、建物は取り壊され、その跡地にこの高級ホテルが建てられたということだ。

タクシーを降りると、ホテルの玄関先で、写真機を持った男達が集まってきた。ローズが先頭に立ち、男達と言葉を交わした。

「あなたは何処の新聞？」

「スター・ミラーです」

男の一人が答えた。ローズは羽織一枚の姿でポーズを取ると、写真機のフラッシュが光った。

「明日の新聞に載せないと怒るわよ」

ローズが男達に釘を刺した。それから男達の前でまたポーズを取った。新聞に掲載されるローズの写真、そして、仏頂面でその写真を見るミセス・フォードの姿が僕の頭をよぎった。

美しく飾られたホテルのロビーは大勢の人で賑わっていた。滞在客もいれば、僕達のような訪問客もいる。可憐なドレスをまとう女性達、黒いタキシード姿の男達、品の良い子供連れの家族。こんな英国の豊かさを象徴するような空間に入り込むと、自分もそんな社会の一員になったような錯覚を起こす。

　僕達は案内に従って、ロビーの奥に進み、パーティー会場の入り口で、ドリスが父親のつてで手に入れた五枚の招待状を受付に手渡した。

　東洋パーティーはナイトクラブのような場所で開かれていた。照明が落とされたホールに、中国や印度支那など東洋風の派手な服を身に付け、かつらやつけ髭まで用意した客が多勢集まっている。皆、立ったまま、あるいはソファーに腰掛け、夢中になって話をし、笑い、酒を飲みながらパーティーを楽しんでいる。堅苦しさはどこにもない。目が合うと、大概の客は笑顔を返す。バンドが演奏するジャズ音楽が会場の隅々まで響き、話し声、煙草の煙、そして酒の匂いがあらゆる空間を満たしていた。

　ドリスとローズは客の服装を確認していた。何人かの女性はキモノを着ていたが、僕達のように羽織を羽織っている者はいなかった。

「誰も羽織は思いつかなかったみたいね」

　ドリスが満足そうに言った。僕達は客の間を進んだ。

「あれがグレイ伯爵夫人よ」

　ドリスがパーティーのホステスのグレイ伯爵夫人を見つけた。夫人は数人の男女と談笑している。孔雀の羽のついた帽子をかぶり、真っ赤な中国服を着て、肘まで伸びる黒い手袋をしている。

「夫人は大戦前に伯爵と上海に滞在したことがあるんだって。で、自称、東洋通らしいの」

「それなら、セイジさんを紹介したら喜びそうね」

「そのとおり」

ドリスがローズに満足げに頷いた。僕達は夫人に向かって歩き出した。夫人の脇まで来ると、先客との会話が途切れたところを見計らって、ドリスが礼儀の行き届いた態度で夫人に挨拶をした。

「ドリス・テイラーです。お招きいただき、ありがとうございます」

夫人はつんと顎を上げたまま、ドリスが僕達を一人ずつ紹介するのを聞いていた。

「そして、こちらがセイジさんです。日本から来られた方です」

「日本のどちらですか？」

夫人がようやく口を開いた。

「香港です」

ドリスの答えに夫人は眉をひそめた。

「東京からです」

僕は急いで訂正した。そして、夫人の言葉を待った。しかし、夫人は日本について何の関心も示さず、僕達に辞令的にパーティーを楽しんでくれなどと言っただけで、近づいてきた他の招待客と話し始めた。僕達は礼を言ってその場を離れた。

「嫌な感じの古狸ね」

ローズがドリスに言った。

「香港なんて。口が滑っただけよ」

ドリスはふくれっ面をした。

僕達は空いているソファーを見つけ陣取った。ドリスとローズは招待客を見ながら、知り合いの誰それがいるとか、あの服は神聖だなどと品評を始めている。ロバートはソファーの背もたれに腕を乗せ、退屈そうに、周りを見ている。チャールズはドリスとローズの会話を熱心に聞きながら、ローズがバッグから煙草を取り出すと、すかさず火を差し出した。ドリスも、人前であることを気にも留めず、煙草を吸い始めた。

「セイジさんもどう？」

ドリスから煙草を一本受け取った。火をつけてみると、日本の煙草より、甘い味がした。

ドリスは煙草の煙を思いっきり吐き出した。

「煙草はいつも吸うんですか？」

「そうね。お酒を飲んだ時はね」

それなら、いつもじゃないとローズが笑った。ドリスは近くを通った給仕を捕まえ、盆に載せていたワイングラスをすべて僕達のテーブルに置かせ、今日すでに何回目になるのか、また乾杯をした。

突然、ローズがキャッと声を上げた。

「何してるの？」

「こうして」

チャールズが、ローズの露わになった足を隠すために、自分の白いハンカチをローズの膝の上に置いた。

「あなたの頭が不純なのよ」

ローズはチャールズのハンカチを振り払った。ドリスは笑いながら一気にワインを飲みほした。

「見て」

ドリスは自分のドレスの裾をさっと膝の上まで持ち上げた。チャールズが慌てて目をそらした。ドリスとローズは一緒に声を立てて笑った。

「君の名誉を守るためだよ」

チャールズは床に落ちたハンカチを拾ってポケットに戻した。

「そんな名誉は必要ないわ」

ローズが一蹴した。

ロバートは女性たちの悪ふざけに乗って来ない。背をソファーに深く沈めたまま、ぼんやりと宴に興じる招待客を見ていた。その招待客の中から、グレイ伯爵夫人が現れた。僕達は即座に立ち上がった。

「グレイ伯爵夫人、素晴らしいパーティーですね」

「ありがとう」

夫人は短くドリスに答えただけで、僕に話しかけてきた。

「あなたは日本人でしたよね」

「はい」

「私と一緒に来てください。紹介したい人がいるんです」

「それは伯爵夫人、ご親切に。セイジさん、是非、ご紹介をして頂いて」

ドリスがまた丁寧な口調で言った。

夫人が歩きだすと、僕は後を付いていった。ダンスホールで演奏中の五人組のバンドの前を通った。何人かの男女がバンドの前で踊っている。その先に和服を着た日本人の婦人がいた。

「ヨシムラさん、同郷の方を連れてまいりましたよ」

吉村夫人は日本大使館に勤務する外交官の妻だった。

「英国を立つ前に、若い方に知恵を授けて下さい」

グレイ夫人は僕を吉村夫人に引き合わせると、その場を離れた。

吉村夫人は倫敦にすでに二年滞在していた。夫の転勤で、近々、亜米利加に出発するということだ。英国での暮らしが長いせいか、和服こそ着ているが、話しながら手を動かす仕草や背筋を真直ぐにして立つ姿勢は何処か英国的だった。言葉は濁すことがなく、率直で断定的だ。そのことを言うと、夫人は英国に長く滞在しすぎたと笑った。

「英国人と日本人の違いは何か知っている？」

「色々あると思いますが」

「そうね。でも、一番の違いは、英国人は自信家だってことね。日本人のように、おどおどしないわ。いつでも自分は正しいと思っているから。だから物事ははっきりと言うし」

それは確かに同意できる。

「でも、英国人が率直なんて思うのは幻想よ」

「そうなんですか？」

「本心を言うのは仲間の間だけね。しかも、同じ階級同士の」

夫人は僕を見て微笑んだ。

「英国人はマナーをわきまえているから、他人に自分の本当の考えは明かさないわ。争いになるだけだから。そこをね、大使館の若い職員にも見習ってもらって、もっと、もっと、狡猾になってもらいたいのよ」

話している間、何人かの招待客が夫人の和服を褒めて通った。

「和服は人気ですね」

「そうね。でも、今は静かなものよ。一昔前は日本ブームで。劇場に行くと和服を外套代わりに着ている女性方がたくさんいたそうよ」

夫人は僕の羽織を見た。

「どこで見つけたの？」

「友達が貸衣装屋から」

夫人は悪くないと言った。

辺りは益々騒がしくなった。流行の曲なのか、バンドの周りに人が集まり踊り始めた。

「こんな盛大なパーティーを開くのには費用も相当かかるでしょうね」

「心配する必要はないわ。グレイ伯爵夫人が出してるわけじゃないから」

「それじゃあ誰が？」

「お友達の亜米利加人の実業家だそうよ。英国では、財産を持っている貴族は絶滅危惧種だから」

大戦を経て、英国社会も大きく変化したのだが、その中でも、戦争で後継者を失い、また、税制の変更などで、貴族の没落が一番顕著だそうだ。このホテルの完成自体がその象徴でもある。

ジャワ風の緑色のバティックを腰に巻いた男性が、吉村夫人の和服を惚れ惚れと見つめながら通って行った。夫人は腕時計を見て、会場を出る時間だと言った。そして、何か困ったことが起きたら、大使館の誰それを訪ねるようにと教えてくれた。

　夫人が去り、僕は仲間のところに向かった。バンドの前ではダンスを踊る招待客が大勢いた。踊りながらキスをしている男女もいる。その男女の先で、ドリスが踊っているのが見えた。ドリスは男と身体を合わせるように踊っていた。ところがその相手がロバートではない。男は青い中国服と黒いチョッキを着ている。口髭を蓄えた唇をドリスの耳元に寄せ、何か話している。ドリスは目を伏せ、夢の中にいるような甘い表情をしている。僕はドリスと目が合わないように、そこを通り過ぎた。

　ローズとチャールズは同じソファーに座っていた。ロバートはいない。

「ロバートさんは？」

「主役が帰ってきたわ」

「僕は主役じゃないですよ」

「東洋パーティーじゃない」

　僕が座ると、ローズは羽織の下にさらされた足を組み直した。

「ロバートは、さっき、変な連中と何処かに行ったわ」

「友達ですか？」

「ろくでもない連中よ。顔の傷を増やしたいんじゃないかしら」

「ロバートさんの目の下の傷のことですか？」

ローズが頷いた。

「高校の時に喧嘩をして、怪我をしたらしいんだけど。その時から、自分の生き方が変わったんだって。何度も聞かされたわ」

僕は辺りを見たがロバートの姿は見えない。

「あの、ドリスさんとロバートさんはもちろん交際されているんですよね」

「そうよ。悔しいけど」

ローズは前を通った知り合いに目で挨拶をしていて、僕との会話には半分の注意も払っていない。考えてみれば、何も僕がドリスの行動で気を揉む必要はない。僕はソファーの背もたれに寄りかかった。すると、ローズが思い出したように聞いた。

「ドリスを見かけなかった？」

「いえ」

ドリスが他の男と踊っているとは、やはり、言いにくかった。

「誰と会ってきたんですか？」

チャールズが聞いた。日本大使館の吉村夫人だと教えると、チャールズも夫人を知っていると言った。ローズが煙草を口元に持って行くと、チャールズはローズの煙草に火をつけた。

「踊りに行こうか？」

チャールズがローズに聞いたが、ローズは首を横に振る。

「いい相手を見つけてから行くわ」

チャールズは僕を見て苦笑いした。

僕は時計を確認した。終電にはまだ時間があった。ミセス・フォードは門限に厳しいから終電前に帰らなければならない。最後の一杯のつもりで、給仕から新しいワイングラスを受け取った。

僕は改めて、招待客を観察した。ドリス達のような二十代前半から中年の客まで千差万別だ。それぞれが、趣向を凝らした服装でパーティーに溶け込んでいる。千夜一夜物語の盗族一味のような衣装をつけている人までいる。とにかく、皆が大きな声で話し、笑い、自由を謳歌している。隣でチャールズが何か言うと、ローズが悩み事などまるでないという風に、大きな声で笑った。一度きりの人生だ。楽しんだほうが勝ちかもしれない。

バンドの演奏が中断した時、ドリスが浮かれた足取りで戻って来た。一緒に踊っていた男も付いて来た。ドリスは何の気兼ねもなく男を僕に紹介した。イヴリンという。名の通った貴族の子弟らしい。ローズやチャールズとも旧知の仲だ。しかし、この男の話を聞くと、一語一語、嫌にもったいぶったような発音をする。気持ちの悪い薄笑いも浮かべる。付き合いたいという気にはなれない男だ。それなのに、イヴリンが腰掛けるとドリスはその膝の上にポンと座ってしまい、抱きつくようにその肩に腕まで回した。イヴリンはドリスの腰に手を当てている。ローズは何を気に留める様子もなく、ドリスとイヴリンに話しかける。チャールズは話の合間にローズの口から吐き出される煙を嫉妬するような目で追いかけていた。

ドリスは人目も気にせず、イヴリンの口髭を指で遊び始めた。

「素敵な口髭よ」

ドリスの道徳心は何処にあるのか？　僕は目を反らした。

「ああ、恋をしたい」

イヴリンが言った。

「日本ではどうやって恋人を見つけるの？」

イヴリンが僕を見ている。黒に近い髪は油でべったりと撫でつけられている。

「それは僕も知りたいくらいで」

僕はぞんざいに答えた。

「セイジさんは失恋したばかりなの」

ドリスが簡単に言う。

「あら、それはかわいそう」

「いえ。もう、考えても仕方ないんで」

「そうね。それなら、一緒に恋人を探しましょうよ」

貴族の話し方か何か知らないが、イヴリンは言葉に変な抑揚を付け、まるで男らしくない話し方をする。

「ああ、人生を楽しみたいだけなのにね」

僕は苦笑いしか出来なかった。

「イヴリンがケント城に行ってきたんだって」

ドリスが言うと、ローズは目を丸くした。

「本当に？」

ケント城は倫敦から南東のケント地方にある。城は数年前まで貴族が所有していたが、これも大戦後売りに出された。それを買い取ったのは亜米利加国籍の母親を持つ大変な女性資産家だった。そして、城の主になると、その女性は巨費を投じ、近代的な飾り付けも加え、城を修復した。そして、そこで毎週のように、著名人を集め、豪華なパーティーが催されるようになったらしい。招待客には王室から政治家、各界の著名人まで色々な人が含まれているという。

「英国版のグレート・ギャッツビー」

イヴリンが言ったが、僕は要領を得ない。

「亜米利加の小説。聞いたことない？」

「いえ」

「日本じゃ読まれていないんだ。紐育の大変な金持ちが毎晩パーティーを開くっていう話。ケント城のオーナーがまるでそのギャッツビーのようだって。結構、有名なのよ」

意外と丁寧にイヴリンは説明してくれる。それにしても、英国でなら、誰でも知っているらしい本さえ、聞いたこともないのだから、英国人とまともに話せるようになるのは遥か先の話だ。僕はイヴリンの話を黙って聞いた。

イヴリンは、先週、ケント城に招待された。乗馬やテニスをし、庭にある池でボートを漕いだ。食事はフランス人のシェフが趣向を凝らしたものだった。招待客の中に亜米利加の俳優のダグラス・フェアバンクスがいたそうだ。

「今度は私たちも誘ってね」

ドリスはイヴリンの膝の上に座ったままその頬にキスをした。

ちょうどその瞬間、男が僕達の前に立った。見上げるとロバートだった。ロバートはドリスとイヴリンを睨みつけた。タキシードに黒いシャツを着た男達がロバートの後ろに立っている。ドリスはゆっくりとイヴリンの膝から下りた。すると、イヴリンも立ち上がって、ロバートを正面に見た。僕は一騒動を予感して腰を浮かせた。

「久し振り」

思い掛けず、二人の男はうれしそうに握手をした。僕は肩透かしを食らったかたちで座りなおした。ロバートとイヴリンはあれからどうしたなどとのんきな話を始める。男達も男達だが、ドリスは一体この男達とどういう付き合いをしているのか。

ドリスはロバートの前に立ち、その蝶ネクタイの位置を直した。

「この人たちは？」

ドリスは黒シャツの男達を見た。ロバートは目を輝かせた。

「伊太利亜の政治活動家だよ」

「まあ、立派ね」

伊太利亜人達はまるで軍隊にでもいるように直立不動の姿勢を取った。

「話があるんだ」

ロバートがドリスに言う。

「今、彼らにローマに勉強しに来ないかって誘われたんだ」

「神聖じゃない」

「そうだろう。いつ行こうか？」

「私も？」

「当り前だろ。どうする？　今週とか、来週とか」

「そんなに急に？」

「鉄は熱いうちに打てっていうじゃないか。時代はすごい速さで動いているんだ」

「日本だって面白そうじゃない」

「日本？　何の話？」

ドリスは肩を落とした。

「ローマにはどのくらい滞在するの？」

「分からないけど。半年とか、一年とか」

ドリスはソファーに座り込んだ。ロバートもドリスの隣に座った。

「大学はどうするの？」

「休学すればいい」

ドリスは伊太利亜人の一人と目が合って、ぎこちない笑みを作った。

「私が行っても」

「ローマの青い空を想像してみろよ」

「海に行けば泳げるわね」

「スキーも出来るし。一緒に勉強をしてもいい」

「何を勉強するの？」

「ファシズムよ。この人たちを見て」

ローズが声高に割り込むと、伊太利亜人達を指した。

「強盗でも誘拐でも、何でもしそうな顔つきじゃない」

ロバートは軽蔑するようにローズを見た。

「ローマでは資本主義でも共産主義でもない第三の選択について勉強をするんだ」

「関わっちゃ駄目、ドリス。後悔するわよ」

ローズが激しい口調で言う。

「君には関係がないだろう」

ロバートはローズを突き放すように言った。そして、ドリスを見た。

「いっそ、明日、出発しようか。周りがうるさいから」

ロバートがそう言って伊太利亜人を見ると、伊太利亜人はそれも可能だと言うように頷いた。ドリスは助けを求めるようにイヴリンを見た。

「すべての道はローマに通ずるって言うけど」

イヴリンがけだるい声で言った。

「問題はローマからどうやって帰ってくるかね」

「帰り道はローマで決めるよ」

ロバートが答えた。イヴリンは苦笑いをした。

「いつ出発しよう?」

ロバートはドリスに聞いた。ドリスは返事が出来ない。ローズはドリスに向かって首を大きく横に振っている。

「分からないわ、今は」

ドリスがやっと言った。ロバートは舌を鳴らした。

「後で話そう。二人になった時に」

そして、羽織を脱ぎ、ドリスに手渡した。

「もう少し彼らと話をするから」

ロバートは伊太利亜人達と一緒にパーティー会場を出て行ってしまった。ドリスはロバートが置いていった羽織をソファーの背に掛けると、煙草に火をつけた。ローズは腹の虫がおさまらない。

「ロバートが自分一人で馬鹿をやるのは勝手だけど、ドリスまで巻き込むなんて。ローマに行くって本気なの？」

「前からそんな話はしてて」

「それじゃ、もう、手遅れね」

「セイジさんと会って、極東の政治の話とか、何か新しいことを聞いたら、伊太利亜から目が離れるんじゃないかって期待もしたんだけど」

「そういうことなら、もっと、ロバートさんと話せば良かった」

僕はドリスに詫びた。

「いいのよ。確かに、手遅れみたいだし」

ドリスは諦め顔だ。

「この国では外国の真似は受けないから、ファシズムは根付かないと思うんだけどね」

チャールズが言った。

「何でそれをさっきロバートに言わなかったの！」

ローズが怒りを通り越して、呆れ顔でチャールズを見た。

はっとして、僕は時計を見た。

「あっ、こんな時間だ」

もうとっくに終電を逃している。

「まだ、始まったばかりよ」

ドリスが言った。ドリスと同様、ローズもチャールズも帰る気配は全くない。もう、下宿先まで歩いて帰るしかないが、会場を一人で去る気にもなれない。迷っていると、辺りがざわつき始めた。そして、軽快なジャズが流れ始めた。見ると、演奏者が変わり、新しいバンドが演奏を始めている。演奏者は全員黒人だ。招待客が大挙してバンドの前に集まり踊り始めた。

「踊ろう」

ドリスがイヴリンに言った。

「今は止めておくわ」

イヴリンがまた変な口調で、しかも、手で科を作りながら言った。その時、初めて、イヴリンがどういう種類の人間なのか分かった。イヴリンはドリスの友達だが、恋人ではなかった。イヴリンは友達の所に戻ると言って席を立った。

「セイジさん」

ドリスが僕の手を引いた。僕は無理だと断ったが、一緒に立ちあがったローズとチャールズに押され、人混みの中に連れ出された。立ってみると自分がかなり酔っていることに気付いた。バンドの演奏が頭の中で鳴り、人々の歓声が天井に響き、香水の香りと酒の匂いに満たされた空気が僕の肺の中で波打った。経験をしたことがない高揚感が身体中を走った。まるで新しい世界の扉が開いたような気分だ。僕は見よう見まねで手足を動かした。

結局、ロバートは会場を出たまま帰って来なかった。パーティーが終わり、気だるい身体を引きずるように僕達はホテルを出た。通りは、山さえ覆い隠すような厚い霧に包まれていた。イヴリンとその仲間と合流して、僕達はホテルの脇にある茶店に入った。椅子にもたれ、英国人達の当てもない会話を聞いた。始発の地下鉄が動く時間になって、羽織をドリスに返し、僕は湿った霧に濡れながら、一人、地下鉄の駅に向かった。

4

下宿先に戻った時、辺りはまだ暗かった。日曜日の朝で、家の中は物音もなく、僕は、誰とも顔を合わせることなく、自分の部屋に入ることができた。椅子に座り、目を閉じた。頭が痛い。酔いが醒めるにつれ、心にぽっかり開いた穴が見えてきた。クロウタドリのさえずりが聞こえてくる。屋根の上で冷たい秋風に向かってさえずるその黒い姿が目に浮かんだ。

僕は背広のポケットから昨日届いた愛子さんの手紙を取り出した。そして、財布から愛子さんの写真を抜き取った。手紙と写真を重ね、その上に出さず仕舞いになった愛子さんへの手紙を載せ、それを両手で破り、ゴミ箱に捨てた。そして、ベッドに入った。

フォード一家が教会から帰って来た時に一度目を覚ましたが、そのまま寝続けた。そして、午後の二時過ぎになって、ベッドを出た。窓から空を見ると、いつものように、灰色の雲の塊が風に流れている。下宿では朝食と夕食は出るのだが昼食はついていないので、昼食代わりにパンを一切れ食べた。頭は意外に軽くなっていた。

「愛子さん」

何の脈絡もなく、ただ、言葉がぼそりと口からこぼれた。未練がましい。気持ちを変えようとすると、意識するでもなく、ドリスの姿が目の前に現れた。アパートでシャンペンを飲むドリス。霧の中を走るタクシーで歌い騒ぐドリス。バンドの演奏で手足を投げ出すように踊るドリス。ホテルを出て喫茶店で虚ろにティーカップを見つめるドリス。酒、煙草、ジャズ、ダンス。裕福で勝手気ままな学生。

薄日が射し、窓の外が少し明るくなった。身体の中に新しい血液が回り始めたような気がしてきた。誰かに会って話をしたくなった。ミセス・フォードとビルに挨拶をしよう。朝帰りを詫び、昨夜の出来事を話して聞かせよう。それから近くの公園にでも散歩に行こう。

僕は階段を降りた。一階の玄関ホールに降りると、台所でミセス・フォードが家事をしている音が聞こえた。居間を覗くと、ビルが椅子に座って手紙を読んでいる。ビルは保険の集金係をしている。慢性的に肺を患っていて、いつも青白い顔をしている。生真面目な性格で、毎日同じ時間に家を出て、決まった時間に帰って来る。

「こんにちは」

僕はホールから挨拶をした。ビルは、考え込んでいたのか、驚いて顔を上げ、読んでいた手紙を封筒に押し込んだ。

「小学校の時の同級生がね」

ビルは独り言のように言った。

「昨夜は遅くなって」

僕が話しかけると、ビルは何かを思い出したように席を立ち、こちらにやって来た。

「セイジ君、君が通ってる大学はどこにあるんでしたっけ？」

「ストランドです。テンプル駅の近くの」

「ああ、そうだったよね。講義は週二回で」

「ええ、火曜日と金曜日になります」

英国への留学を決める際、僕は大学の講義を聴講するという方法を選んだ。英語を学ぶためには、単なる語学学習より、一般の講義を聞いたほうが実のある成果を得られると考えたからだ。政治経済には興味があったので、課目は英米関係論と経済学原論を選択した。

「いや、別に、どうと言うことはないんだけど」

ビルは声を落とし、早口で言った。

「ほら、私もその辺りを仕事で歩くから、今度、一度、大学の近くのパブでビールでもやらないかと思って」

「それは勿論。僕のほうはいつでも」

「そりゃあ良かった」

ビルは嬉しそうに僕の肩を叩いた。

「それじゃ、そのうち」

ビルが口をつぐんだ。ミセス・フォードが濡れた手をエプロンの端で拭きながら近づいて来た。僕の前に立つと、何も言わずに僕の顔をまじまじと見る。ミセス・フォードの肌はオリーブ色で、眉間や目じりに、夫人の権威を裏付けるような深い皺がある。

「お出かけですか？　随分、忙しそうね」

ミセス・フォードの言葉にとげがある。雲行きが怪しい。

「いえ、ちょっと散歩に。昨夜は遅くなって申し訳ありませんでした」

「昨夜と言うより今朝でしょう」

「はい、その、なかなかパーティーを抜けられなくなって」

「余程、おもしろかったのね」

「いい経験をさせてもらいました。学友に会って、ホテルへ行って」

「上流階級の人達から英国の文化を学んだわけね」

ミセス・フォードは皮肉たっぷりに言う。

「でも、酒と乱痴気騒ぎが文化と言えるかしら」

僕の身体の中を元気良く回っていた血液が急速に冷え込んだ。ミセス・フォードは続けた。

「確か、セイジさんは宣教師から英語を習ったのよね？」

「ええ、子供の時分ですが」

「あなたも私達の教会に来たらどうですか」

「はい。近いうちに、是非」

「神を信じること。それが原点よ」

二週間ほど前に初めて下宿に来た時、ミセス・フォードから宗教について聞かれ、あまり関心がないと答えてしまったことを今でも悔いている。その時、夫人は大変憤慨し、以来、僕を見る夫人の瞳には猜疑心がいつも同居している。

「教会に行くことが大事なんです。規律ですね。朝帰りなんかする下宿人を置いていたら、近所の評判にも関わることだし」

ミセス・フォードの大きな茶色の目はぎらぎらと光っている。

「すいませんでした。終電を乗りそこなって」

「あの子、かわいい顔した娘、何て言ったかしら」

「ドリスさんですか?」

「そう、ドリス。余り、関わらないことね」

「どうしてでしょう?」

「自分のことしか見ていない子よ」

「その分、自由に生きていると言うか」

「社会のためにはならないわね」

ミセス・フォードがきっぱりと言う。

「それに、こう言うのもなんだけど、そういう子達と付き合えば、お金もかさむでしょう」

倫敦には、限られた予算で来ているので、僕がドリス達と交際を続けられるような立場にないことは分かっている。

「昨夜のような事はもうないと思うので」

「それならいいんだけど」

ミセス・フォードはまだ疑るように僕を見つめる。

「これっきりにしてくださいね」

夫人は念を押して台所に戻った。ビルも居間に戻った。

ミセス・フォードから解放されて、僕は家を出た。下宿先は茶色と赤の煉瓦でできた二階建てのテラスハウスで、同じ造りの家がずらりと通りの両側に並んでいる。各家の屋根の煙突からは灰色の煙が上がり、通りを駆け抜ける冷たい風が、時折、その煙の匂いを運んでくる。黄色くなり始めた街路樹が並ぶ歩道を、僕はサウスフィールド駅の方向に向かって歩いた。

「セイジさん」

後ろから僕を呼ぶ声が聞こえた。振り返るとメリーが髪を揺らして追いついてきた。家出の騒ぎから二日が経ち、もう元気を取り戻したようだ。

「散歩でしょう?」

「ええ」

「一緒に行ってもいいですか?」

「ウィンブルドン公園に行くつもりですが」

「あそこは私もよく行くわ」

僕達は並んで歩き始めた。ちょうど、毛糸のショールを肩に掛けた高齢の婦人が前から歩いてきた。すれ違い際に婦人の疑るような青い目と目が合った。この辺りは地下鉄の開通に伴って開発された新興住宅地だが、僕の様な外国人はあまりいない。

メリーは早足に進んだ。黒い傘を二つ持っている。

「傘を持って来たんですか?」

「ええ」

メリーは笑った。

「持ちましょうか?」

「大丈夫」

「降りますか?」

「たぶんね」

僕は空を見上げた。煤をかぶったような黒い雲が屋根の上を通り過ぎている。

「今、うちのお母さん、嫌な気分にさせたでしょう」

「いいえ、別に。正しいことを言われてるんで」

「気は、遣わないで。お母さんは古いんです。考え方が内向きで。いつも、周りを気にして。近所とか。要は自分がないんです。婦人参政権だって、私達が勝ち取ったんじゃなくて、男から貰ったものだって言うくらいですから」

メリーは母親との感情のもつれを振り払うように、足取りを速めた。

角を曲がったところで、ポツリと冷たいものが額に当たった。ほら来たとメリーは傘を僕に手渡した。雨はたちまち本降りになり、広げた傘の上で音を立てた。

歩きながらメリーが足元を気にしている。

「水が浸みてくるんです」

メリーは呆れるように笑った。

「新しい靴を買わないと」

「引き返しましょうか」

「大丈夫です、全然。この国で、雨が止むのを待っていたら、どこにも行けないから」

大粒の雨が歩道に叩きつけた。通行人と何人かすれ違ったが、誰も傘は差していない。

男は肩をすぼめ、ポケットに両手を突っ込み、女性はオーバーコートを着て、スカーフを頭に巻いて歩いている。下宿を始めた当初、何故雨の日に傘を差すのかメリーに聞かれた。

雨が降れば傘を差すのは当たり前だ。逆に英国人は何故傘を差さないのかと聞くと、たかが雨じゃないとメリーは答えた。そのメリーの持ってきた傘で今日は雨に濡れずに済んだ。

差している傘がメリーの傘に当たらないように、微妙な距離を置いて僕は通りを進んだ。雨水は歩道の脇にある下水に流れ込んでいる。駅に向かう通りに面した住宅の後ろには、線路が通りと平行に走っていて、列車が一台、市内の方向に走って行く音が聞こえた。駅に近づくと肉屋や八百屋などの商店が軒を連ねているが、今日は日曜日なので、どこも閉まっていた。差し掛かった駅舎の中も閑散としている。

「うらやましいわ」

メリーが言った。

「何が？」

「私も、セイジさんみたく外国人になって新鮮な気持ちで街を歩いてみたい」

「僕、キョロキョロしてました？」

「そうじゃなくて。こんな日なのに、楽しそうで」

走って来た車が止まり、僕達は交差点を渡った。道は下り坂になった。右手は丘になっていて、大きな家が並んでいる。左手はテラスハウスが続いている。その先に、ウィンブルドン公園が見えてきた。英国の天気は変わりやすく、激しく降っていた雨が急に小降りになった。灰色の雲の隙間に青空さえ見えてきた。ウィンブルドン公園の門をくぐった時には雨は止み、僕達は傘を畳んだ。

公園は見渡す限りの平地で、芝生が生えているだけだ。サッカーとラグビーのグランドが何十個でも作れる広さだ。雨のせいか、人の姿はなく、遠くを見ると、公園の境界線沿いに並ぶ背の高い木が風に揺れている。僕達は公園に敷かれた小道を歩いた。公園の広さと辺りの静寂さをなおさら誇張するように、鳥の声が放たれた矢のように空を高く横切った。

「どんなパーティーでした？」

メリーが昨夜のパーティーについて聞いた。

「僕としては楽しかったんですが」

メリーが小さく笑った。

「お母さんの事は忘れて下さい。私は、ただ、ドリスさんが行くようなパーティーはどんなのかなって。ドリスさんはどんなドレスを着てました？」

「紫色のドレスです」

窓硝子に映ったドリスの踊る姿が心をよぎり、僕は少々慌てた。

「ドリスさんに良く似合っていました。それで、アパートにドリスさんの友達が集まって」

「大学の？」

「ええ、ロバートという男と。ドリスさんの恋人のようですが。それから、ローズさんとチャールズさんと。皆、随分、奔放と言うか」

「ＢＹＴね」

「そういうことですかね」

「私なんか、新聞で読むだけ。それで？」

「東洋パーティーなので、日本の羽織を着て、ホテルの会場に行きました」

　僕は羽織の事を説明してから、パーティーの出席者の仮装姿を教えた。ドリスもローズも酒を飲み、煙草を吸い、黒人のバンドの演奏で踊る様子も教えた。メリーは熱心に僕の話を聞き、そんな場にいることができて、僕は幸運だと言った。

「ドリスさんとロバートさん、卒業したら、結婚ね」

「どうですかね。少しこじれてるみたいで」

「どうして？」

「ロバートさんが急にローマに行きたいって言い出して。伊太利亜の政治を勉強するらしいです」

「ドリスさんも一緒に？」

「そこが問題で。ローマに一緒に行くか迷っています。ロバートさんの話だと滞在も長くなりそうなんで」

　メリーは黙って何か思いを巡らせていた。

「重大な問題ね。そんな時、ドリスさんみたいな人はどうするのかな？」

「踊っていました」

　メリーは笑った。そして、溜息を吐いた。

「うらやましいわ」

　公園の中央まで歩いてくると、その広さに、草原地帯にでも来たような気にさせられる。僕達は歩き続け、公園の端まで来た。そこには子供の遊技場と小さなバラ園があり、その先に湖のように広い池がある。僕達は池に面して置かれたベンチに腰掛けた。池には白鳥や鴨が泳いでいる。池の上を渡って来た風が頬を撫でた。遠くに目をやると、池の対岸にゴルフ場があり、フェアウェイの芝生が見える。その先に広がる丘陵地は林で覆われ、てっぺんには教会の塔が空に向かって突きだしている。

「私も今頃は巴里にいたかもしれないんだけど」

　メリーが悔しそうに言った。

「でも、巴里に行ってたら、今、こうして、ここにいられないわけだけど」

「巴里で何をするつもりだったんですか」

「住み込みの仕事があったんです」

「どんな？」

「縫裁の」

「それがしたくて巴里に？」

「そうじゃなくて。友達が画家になるのが夢で。それなら私もって」

「画家になりたいんですか？」

「絵の才能なんて。私の場合は、ただ、巴里に住んでみたくて。『日はまた昇る』のように」

「ヘミングウェイの小説ですか？」

メリーが頷いた。ここでは英国人と話が通じた。

「あの主人公達のように巴里からスペインに旅行が出来たらなんて」

雲の切れ目から伸びた日差しが丘の教会の塔に反射して輝いた。池のさざ波も銀色に光った。池の上を周回していた白いカモメが僕達の足元に舞い降りて来た。辺りをうろつき、食べ物がないことを知ると、また、飛び去った。

「工場に勤めて四年。毎日、同じことの繰り返しで。家に帰るとお母さんが、ほら、あんな調子で。最近は口にするのは結婚のことばかり。結婚して、子供を産んで、家庭を守る。私は誰かに結婚をしてもらうためにだけ生まれてきたみたいで。そんな凡庸な人生なんて」

凡庸な。どこかで聞いた言葉だ。

「何か？」

「いえ、なんでも。でも、その気持ちは分かるけど、そういう生き方は普通だとは思うけど」

「考え方は変わっては来てるわ。皆、なかなか行動には出せないだけで。とにかく、このまま、同じ生活を続けていたら、自分が誰だか、何ができるのかも分からないし。何処か遠い国に行きたいんだけど」

やり場のない思いを吐き出すように、メリーは大きな溜息をついた。そして、急に射してきた淡い日差しを避けるように首を傾けて僕を見た。

「ここに来ること、セイジさんの恋人は賛成してくれたんですか？」

「恋人ですか？」

愛子さんの面差しが頭をよぎった。しかし、嘘をつくという意味ではなく、僕は単純に割り切ることができた。

「恋人はいません」

「それじゃ、ご両親の反対はなかったですか？」

「それはないです。むしろ逆で。僕の父親は貿易会社の雇い人ですけど、英語を勉強することは重要だって。英国に留学を勧めてくれたのは父親で。そもそも、英語教師になることも父親の勧めだったんです」

「いいお父さんね」

「ええ。でも、英国に行くことに反対する友人もいました」

「どうして？」

「アジアでは、皆、日本語を話すようになるから、英語を話す必要はないって」

「本当に？」

「ええ、もしかしたら。でも、そんな簡単にはいかないと思いますよ。時間もかかるだろうし」

日本がアジアで影響力を強めるなら、同時に国際感覚も磨かなければならない。

「英語が唯一の国際語ですよ」

子供連れの家族が来て、池の白鳥にパンくずを投げ始めた。周りにいた鳥達が一斉に集まり、カモメも戻ってきた。

「日本てどんな国なんですか？」

「四季のあるきれいな国です。島国で、どこか英国に似たところがあります」

「どんなところが？」

「地続きの隣国がないから、国民に、他の国とは違うみたいな誇りがあって」

「日本か」

「遠いけど、機会があれば、来てください」

「そうね」

「でも、ご両親にはちゃんと断ってから」

メリーは笑った。太陽の光を受けて、メリーの瞳が緑色なのに初めて気付いた。

帰りは公園の東側の住宅街を抜ける道を行くことにした。そこは碁盤状に道路が整備された住宅地で、下宿先の通りのものより、一回り大きい二階建てのテラスハウスが並んでいる。美しい外観の家々で、歩きながらそれらを見比べるのも楽しい。

公園の東門を出るとメリーが急に立ち止まった。先の十字路を双子の弟達が横切り、家とは反対のほうに歩いて行くのが見えた。

「あの子たち、なんでこんなところに。友達の家に行ったはずなのに」

十字路まで行って様子を窺うと、双子はウィンブルドンの街の方向に足早に進んでいる。

「最近、様子がおかしくて。煙草を隠し持ったり。一緒に来てくれます?」

気付かれないように距離を置いて、僕達は双子の後をつけ始めた。

住宅街をしばらく歩き、商店が何軒か並んでいる大通りに出た。中古車が並ぶ店がある。店は閉まっていたが、二人は建物を迂回して裏口からその中に入った。僕達は建物の陰で様子を窺った。すると双子が建物から出てきて、手にした大きな雑巾で中古車の洗車を始めた。

「あんた達、何してるの!」

メリーが双子の前に飛び出した時、双子は持っていた雑巾を落としそうになるほど驚いた。逃げようともしたが、すぐに観念し、小遣い稼ぎに最近ここに来るようになったと白状した。

「駄目じゃない。お母さんが知ったら大変なことになるわ。小遣いが足りないなら、お母さんに話してあげるから。だめなら、私が少し出してあげるわよ。だから、すぐに、仕事はもうできないって、店の人に言ってきなさい」

話し声に気付いたのか、建物の中から男が出てきた。整備工のようなつなぎの服を着ている。店長だった。メリーは弟たちは仕事を辞め、今すぐ、家に連れて帰ると伝えた。そして、家庭内の監督が行き届かず迷惑をかけたと、低姿勢で詫びた。店長は三十才くらいで、物わかりの良さそうな笑みを浮かべている。

「よくわかりました。でも、お姉さん、良い弟さんですよ。叱らないでください」

この言葉がメリーの逆鱗に触れた。

「弟達のしつけはこちらでします。あなたにとやかく言われる筋合いはありませんから。第一、なんなんですか、あなたは。こんな子供に仕事をさせて。いいんですか？　警察に届けますよ」

店長の愛想笑いがさっと消えた。メリーは双子の腕を取り、その場を離れた。店長はぶつぶつ言いながら、建物に戻って行った。

5

火曜日、前週の英米関係論に続き、経済学原論の講義に出席した。

大学は倫敦市内の中心地にある。キャンパスと言うものはなく、校舎は街中のあちこちに散らばっている。設立してまだ三十年と比較的新しいのだが、政治、経済に特化した大学だ。

教壇に立った経済学原論の教授はまだそれほどの年ではないが、頭が禿げあがっていた。講義では財政改革に焦点を当てて進めていくと教授は言った。毎月、教授が決めたテーマに従い、生徒は月末に五ページ程度のレポートを提出することになると言った。今月のテーマは『国際収支』だ。

講義が終わると、僕は教室を出て行く教授に急いで追いつき、自分が聴講生であることを伝えた。そして聴講生でもレポートの提出が可能か尋ねた。すると、教授はもちろん提出して差し支えないと言った。講義を聞いているだけでは不十分かと感じていたので、これで、聴講する上での身構えも変わる。僕が礼を言っているうちに、教授は忙しそうに廊下を歩き去った。

教室からは生徒が出て来る。皆、白い顔で、茶色や黄色の髪の毛をしていて面白い。その中に混じって黒い髪の東洋人の男が出てきた。日本人に見える。僕が会釈をすると、男も応じた。

「君は日本人か」

男は僕より四、五才年上だ。

「はい。新波征治といいます」

「自分は鈴木だ」

鈴木さんは痩せてはいるが頑丈そうな肩の上に古びた灰色の背広を着ている。日本人に会うのは久しぶりだと鈴木さんは言った。僕達は校舎を出て、近くのベンチに座った。

「君は柔道をするか?」

鈴木さんが聞いた。

「いえ」

残念だと言ってから鈴木さんは肩をぐるりと回した。

「英国に来てもう三か月だ。身体がなまって仕方がない」

鈴木さんは自分の鞄を覗きこみ、折れ曲がったトーストを一枚取りだした。

「昼食だ」

鈴木さんはトーストを半分にちぎって一方を差し出してくれたが、僕は遠慮した。

「君は本科生か?」

鈴木さんはトーストをぼそぼそとかじり始めた。

「いえ、聴講生です。鈴木さんは？」

「自分は無断で教室に入っている。大学に登録もしていない」

自由がこの大学の基本精神で、身元検査など一切ないと言う。

「寛容だったり狭量だったり。奇妙な国だ」

鈴木さんがそう言っていると、隣の空いているベンチに男女の学生が座り、話をしながら笑い声を上げた。鈴木さんは学生の方を顎でしゃくってみせた。

「気楽な奴らだ。君は英国人が好きか？」

「ええ」

鈴木さんは驚いたように僕を見た。

「何処が好きなんだ？」

「そうですね、店で、順序良く並ぶとこなんか」

鈴木さんは笑った。

「そうか。俺は好かん。階級意識が鼻につく」

鈴木さんはもう一度隣の学生に目を遣ってから、僕を見た。

「仕事は？」

「英語の教師です」

「すると公費で来た訳だ」

「いえ、自費です。仕事は退職してきました」

「なるほど……」

鈴木さんは硬そうなトーストを口の中で噛み砕いた。

「自分は大衆党の事務局の手伝いをしていた。倫敦にはマルクス主義を勉強するために来た。他にも一つ、二つ、顔を出している講義がある。でも、本当に必要な知識は友人から貰っている。面白いよ。仏蘭西人とか独逸人とか。ただし、自分は共産主義者ではないがな」

隣の学生がまた笑い声をあげた。トーキー映画の話をしている。鈴木さんは学生を横目で見ながら言った。

「しかし、冒険好きならいざ知らず、この時勢、仕事を辞めてまで来る価値が、この国にあるのかな」

「僕のことですか?」

随分、ずかずかと言う人だ。

「すまん。ぶしつけに」

鈴木さんは自分の頭をコツコツと叩いた。

「気にせんでくれ」

「いえ、いいんです」

別に、人に話せない理由で英国に渡ってきたわけではない。

「僕は大学を出て五年間英語を教えてきました。しかし、実際には、僕は英語圏の生活も文化も全く知りません。ただ、言葉だけ教えてきたんです。これが不満で。商人が自分が見たこともない商品を客に売りつけているようで」

「それで、英国に来た訳だ」

鈴木さんは僕が冒険家であることは確かだと笑った。トーストを食べ終え、ズボンに落ちた食べかすを払い落とした。

「実はある人に貸した金が返ってこないので困っている」

鈴木さんが急に神妙な調子になった。

「いくらか金を都合してもらえないだろうか。貸した金が返ってきたら、勿論、すぐに返す」

申し訳ないが僕は丁重に断った。相手が日本人だと言っても、金を貸すような余裕など僕にはない。

「それはそうだ」

鈴木さんは頷いた。

「こんなところに来て金が余っている奴などいるわけはないし。変なことを聞いて済まなかった」

鈴木さんは潔かった。これから人に会いに行くと言って、ベンチを立った。

「鈴木さん」

僕は鈴木さんを呼び止めた。

「ちょうど正銀で金を下ろして来たところで」

ポケットから財布を取り出し、二ポンドを鈴木さんに差し出した。

「君の生活は大丈夫なのか？」

「なんとかなります」

鈴木さんは座り直し、感謝すると言い、金を受け取った。メモ帳から紙を切り取り、二ポンドを借用すると書き込み、署名をして僕に渡した。

「ありがとう」

鈴木さんは立ち去った。

鈴木さんと別れてから、僕は市内を歩いた。トラファルガー・スクウェアからバッキンガム宮殿の前を通り、国会議事堂まで行った。優雅で堂々とした建物が並び、公園が広がる街並み。忙しない生活を強いられているにせよ、倫敦市民なら毎日享受できるうらやましい風景だ。

ところが、歩きながら、急に鈴木さんのことが気になりだした。金を貸したことを後悔し始めた。どうして初めて会った男に金を貸してしまったのか。そもそも、鈴木さんが何処に住んでいるのかも知らない。日本人だから、つい、油断が出たのだ。貸した金はもう戻って来ない気がした。詐欺に掛かったような気分になってきた。他人に金を融通するような余裕は自分にはないのに。聖人でも気取って、金を貸してしまった自分の生ぬるい行動に腹が立った。

同じ週の金曜日、二回目の英米関係論の講義に出席した。教室に早めに入り、ドリス達を待った。生徒達がぼつぼつ座り始めたころ、ドリスとチャールズが二人で教室に入って来た。席に着いたら挨拶に行こうと構えていると、僕を見つけたドリスがチャールズを連れてこちらに向かって来た。ドリスはキルトのスカートに黄色のセーターを着ている。片手に教科書を抱える姿は普通の学生だ。パーティーの夜のドリスとは別人だ。ドリスがやって来ると僕は席を立ち、礼を言った。

「先日はありがとうございました」

「こちらこそ。また、一緒にどこかに行きましょう」

ドリスは教科書を机の上に置いた。

「座ってもいい？」

「どうぞ」

席を詰めると、ドリスとチャールズは僕の隣に腰かけた。

「ローズさんはどうしたんですか？」

「熱を出して」

チャールズが答えた。

「風邪ですか？」

「たぶん。インフルエンザじゃないといいんだけど」

「今、病院に行ってるの」

「心配ですね」

「すぐにパーティーもあるし」

「この週末は控えた方がいいかもしれない」

チャールズが言うと、ドリスが笑いながら首を横に振った。

「ローズを止めることなんてできないわよ。パーティーなら、ベッドを背負ってでも行くわ」

「いっそパジャマ・パーティーならよかったのに」

チャールズは自分の冗談を笑えなかった。講義が終わった後、ドリスと一緒にローズの見舞いに行くつもりだとチャールズは言った。

「ロバートさんは病気じゃないですよね？」

ドリスに聞いた。

「勿論、元気よ」

ドリスは教室を見まわしたがロバートはまだ来ていない。

「もう、本気でローマに行くつもりなの」

「それじゃあ、ドリスさんも?」

「まだ、良く分からないわ。ローマはいいけど、ファシズムに興味はないから」

白髪の教授が教室に入って来ると僕達は話を止めた。僕は『二十世紀の英米関係』という十シリングもした分厚い教科書を鞄から取り出し机の上に置いた。同じ本がドリスとチャールズの机の上にも並んでいる。講義は英米における軍縮と米国の孤立主義がテーマだ。十九世紀末の情勢にさかのぼり、両国の関係を検討すると教授は言った。僕は教授のしわがれた声を聞き逃さないよう講義に集中した。時折、ドリスの様子を窺うと、机に肘を突き、何か考え込んでいた。

講義が始まり十五分も経ってから、ロバートが教室に入って来た。さっそくドリスを見つけ、眉をひそめる教授にお構いなしに、こちらまで歩いてきて、僕達の隣に座った。

「皆、お集まりだ」

ロバートが言った。ドリスは指を口にあて静かにしろと合図した。

「昨日はどうして来なかったの?」

ロバートがドリスに聞いた。

「行かれないって言ったでしょう」

「ローズと遊んでたんだろう?」

「ローズは病気よ」

「どうしたの?」

「熱がでたのよ。本当に静かにして。迷惑になるから」

「こんな退屈な授業は誰も聞いてないよ」

ドリスはロバートを無視した。それからは、ロバートも諦めて、ドリスに話しかけるのを止めた。

講義が終わると、ロバートがまたドリスに話しかけた。

「ローマの決心はついたんだろう? 月末だからね」

「決心なんてついてないわよ。勝手に決めないで」

「良く考えてくれよ。お茶を飲みに行こう。そこで話そう」

「悪いけど、今日は、これから、セイジさんと買い物に行くの」

「セイジさんと?」

ロバートが僕の顔を見た。

「はい」

僕は咄嗟にドリスに話を合わせた。

「それじゃ、行きましょう」

僕達は教室を出た。ロバートも後から付いて来る。

「ローズのお見舞いは？」

チャールズがドリスに聞いた。

「先に行っていて」

ロバートに聞こえないようにドリスが言った。

「ロバートが一緒に来たら、ローズの容態が余計悪くなるわ」

ロバートがドリスの前に回ってきた。

「ドリス、買い物なら僕が付き合うよ」

「今日は結構よ。セイジさんがいるから」

「どうしてこんなチビと」

ロバートの言葉に驚いた。

「ロバートさん、すいません」

「君に用はないんだ」

ロバートは僕を無視して、ドリスに言った。

「こんな亜細亜人に付き合わせても意味がないだろう」

「何言ってるの。友達に失礼よ」

「ロバートさん、ちょっといいですか」

「うるさいな。君に英国人女性の好みが分かるわけがないだろう」

「あなたよりは良い趣味をしていると思いますよ」

売り言葉に買い言葉だ。

「調子に乗るなよ。邪魔だから」

ロバートが僕の胸を両手で突いた。僕はかっと来て、ロバートの胸を突き返した。

「止めろよ」

チャールズが僕とロバートの間に割って入った。

「セイジさんに謝って」

ドリスが言った。

「どうして？　こんなジャップに」

僕はロバートの襟に掴みかかった。ロバートは僕の腕を強烈な握力で締め付けた。その時、廊下に男の声が響いた。

「何をやってるんだ！」

大学の事務員が僕達の後ろに立っていた。

「すいません。遊んでるだけです。昨日見た映画の話で」

チャールズが言った。僕とロバートはお互いの手を振りほどいた。事務員は呆れた顔で僕達を見た。

「ばかなことはやめなさい」

そう言って、歩き去った。僕の心臓は激しい音を立てて鳴り、手は震えていた。

「行きましょう」

ドリスは吐き捨てるように言った。僕達はロバートを残して歩き始めた。

「月末だよ」

ロバートが後ろから声を上げた。

「勝手にして」

ドリスが振り向きもせず叫んだ。

大学を出ると、ドリスは迷惑を掛けたと僕に謝った。そして、タクシーを捕まえると、チャールズと一緒に、ローズの家に向かって、あっと言う間に立ち去った。あっけない別れだった。歩道に一人残されると、ロバートとのいざこざで高ぶっていた気持ちがたちまち冷え込んだ。代わりにロバートが吐いた言葉が苦々しく頭の中に響いた。そして、ドリスが遠い存在であることを実感した。ドリスとは人種も文化も価値観も生い立ちもまるで違う。不釣り合いだ。何もかもが非現実的だ。

気が付くと、僕はハイド・パークに向かって歩いていた。ハイド・パークはバッキンガム宮殿に隣接する大きな公園で、いつも多くの人が訪れる。公園に着くと、僕は園内を速足で歩いた。ざっ、ざっっと進む自分の足音を聞いた。人の話す声が耳に入る。公園の外の通りから、車の音も聞こえた。歩道に枯れ葉が落ちる。もう十月になり、秋が一段と深まっていることに気付いた。

散々歩いた後、公園を出ると、古めかしい建物に店を構えるパブを見つけた。ビールの一杯ぐらいは飲んでも罪ではない日だ。黒い木の扉を押して中に入った。店内は薄暗く、擦り減った石が床に敷かれている。天井には黒く塗られた太い梁が通っている。古く煤けたクリーム色の壁には、サッカーチームの写真が入った額が掛けられていた。店はいやに静かで、大きさも形もまちまちのテーブルに客がぽつんぽつんと座っているだけだ。

カウンターにはバーテンが一人いた。目の前に座る女の客との話に夢中で、店に入って来た僕に目もくれない。応対が悪そうだ。違う店を探そうかと思ったが、それも面倒なので、そのまま、カウンターに進んだ。カウンターの前に立ち、バーテンが来るのを待った。バーテンは女との話を止めない。ようやく、その女につつかれて、面倒くさそうな態度で僕の前にやってきた。

「飲み物は？」

バーテンがぶっきらぼうに言った。とても強い訛りがある。英国北部の訛りだと思う。続けて何か言ったが全く聞きとれない。聞き返すと、バーテンは口を閉ざしたまま、さげすむような目付きで僕を見る。とてつもない不快感が僕の身体を走った。一体どうしてこんな男に見下されなければならないのか。尊大に振る舞うこの男の自信は何処から出て来るというのだ。僕が外国人だからか。僕が臆病だと踏んだからか。なんという日だ。何から何までうっとうしい。

相手の言うことは無視して、エールを一杯欲しいとだけ言った。バーテンは返事もそこそこにエールをグラスに注ぎ始めた。カウンターの女は煙草に火をつけ、唇をとがらせながら、白い煙を吹き出した。バーテンはグラスをカウンターに置いて、指を二本立てた。僕は二ペンスを渡した。バーテンは何も言わず金だけ取った。礼儀もなにもない。すぐに女の所に戻り、また、話を始めた。

「あの中国人がエールを飲むんだって」

バーテンが女にそう言ったのが聞こえた。なんて住みにくい国なんだ。僕はバーテンに向かって声を張り上げた。

「僕がエールを飲むのが悪いとでも言うんですか?」

バーテンは驚いて僕を睨みかえした。女は煙草をつまむ指を中空で止めたまま僕を見つめた。バーテンが僕の前に戻って来た。

「何だって?」

「客に対し、礼儀を使えって言ったんだ」

「何を言っているのか知らないけど、もめごとが好きなら、店を出てどこか他所でやってくれ」

「僕は中国人じゃなく、日本人だ」

バーテンは眉間をしかめた。女は口をへの字にして、両肩をすぼめた。

「誰が中国人だ。日本人なら、それがどうしたんだ」

バーテンが僕を睨みつけた。突然、バーテンが言ったことを、僕は聞き違えをしたかもしれないと感じた。僕の方から、勝手にバーテンに絡んで行ったような状況を作ってしまったのかもしれない。

「ビールを黙って飲んで行くのか、警察に来て貰うか、どっちだ?」

バーテンが言った。僕はくるりと回り、バーテンに背を向けた。頭より先に、身体が上手く動いてくれた。そして空いている四人掛けのテーブルに坐った。バーテンも女も客も、皆が僕の動きを追っているのを背中で感じた。

僕はテーブルに置いたグラスを見つめた。エールの泡は徐々に消え、やがて、エール全体が透き通った飴色に変わった。エールを口にすると、独特の苦みが僕の喉を落ちて行った。バーテンはまた女と話し始めた。客達も僕に対する興味を失い、仲間と話し始めたり、パイプをふかしたり、自分達の世界に戻っている。

僕はまたグラスを口に運んだ。愛子さんの姿が頭に浮かんだが、直ぐにかき消した。代わりに実家のことを考えた。父親や友達の姿を思い浮かべた。すると、心が落ち着いてくるのが自分でも分かった。そして、ゆっくりとエールを味わった。エールを飲み干すと、席を立ち、空のグラスをカウンターに戻し、パブの外に出た。外は寒かった。

6

経済学原論の第二回目の講義に鈴木さんの姿はなかったが、特に驚きはしなかった。講義の後、簡単な昼食をとり、大学の図書館でレポートを書く準備を始めた。

夕方になり校舎の前で待っていると、約束の時間に、下宿先の主人のビルが立ち込み始めた霧の中から現れた。ビルの発案で、今日はこれから一緒に飲むことになっていた。小柄なビルはいつもの茶色の外套を着ていた。挨拶代わりの握手をすると、会社をいつもより早く抜け出したと嬉しそうに笑った。家の中でしか会ったことのないビルとこうして街中で会うのは奇妙な感じもする。

「それじゃあ、行こうか」

ビルが先を歩き始めた。

「近くの料理店を予約してあるから」

「パブじゃないんですか？」

僕は簡単にビールを飲んで帰るものだと思っていた。

「いや、パブみたいなものなんだけど」

ビルが取り繕うように言った。

「実は友達も来ることになってね。昔の友達なんだ」

長い間会ったことのない友達だと言う。それなら、積もる話もあるだろうから僕は邪魔になるだろう。

「僕は失礼しましょうか？」

「いや、君には居て欲しいんだ」

ビルは少し慌てた。

「つまり、君さえ良ければ」

「僕のほうはいいんですが」

ビルはほっとしたように笑った。僕達は横道に入った。コベント・ガーデンに向かう道で、劇場や料理店がいくつも並んでいる。

「でね、要は、テーブルを二つ取ってあるんだ」

ビルがまた変な事を言い出した。歩道は狭くなり、ビルは僕の前を歩いた。ビルは振り返りながら話を続けた。

「僕と友達が一緒に食事をとって、君は君のテーブルで待っていて貰いたいんだ」

「一人で？」

「もちろん、君にも夕食をとってもらうんだけど」

「夕食ですか？　でも、ミセス・フォードには」

「そっちの方は大丈夫。外で食べて来ると言ってあるから」

「それで、ビルさんはその友達と一緒に食事をとって、僕は別に一人で夕食をとるんですか？」

「つまり、そういうことなんだ」

「あの、本当に、僕は今日は遠慮させてもらっていいんですが」

「いやいや、評判の良い店なんだ。君も気に入ると思うよ。と言うより、君には居てもらわないと」

「もしかして、喧嘩にでもなったら仲裁にとか？」

「そういうことではないんだ。でも、ちょっと、立て込んだ話で」

歩道が広くなり、僕達は並んで歩いた。そして、ビルが言った。

「家に帰ったらね、妻にはね、私と君が一緒にパブで飲んでいたことにして欲しいんだ」

僕たちは裏通りに立つ伊太利亜料理店に着いた。中に入ると、黒い巻き毛の伊太利亜人の給仕が来た。ビルは二つテーブルを予約していることを伝えた。一つは五時四十五分で、もう一つは六時だ。給仕に案内されて、僕たちはまず五時四十五分のテーブルに座った。

「食事は八時までには終わるから。それ以上、君を待たせることはないはずだ」

ビルがそわそわし始めた。入口の扉に何度も目をやる。

「そうだ。私がその人と会っている間は、私のことは無視してもらえるかな。他人みたいに」

僕はもうビルの言う通りにすることにしていた。腕時計で時間を確認し、ビルは店の奥の六時のテーブルに移った。

六時になり、ビルのテーブルにその友達が現れた。相手は女性だった。垢ぬけた趣味の良いドレスを着ている。これでビルが何をしようとしているのか分かった。ビルにこんな面があったとは想像も出来なかった。巻き毛の給仕が僕のビールを持ってきた。瓶からビールをコップに注ぎながら、ビルの秘密を共有する仲間同士だとでも言うように、片目をつぶってみせた。

伊太利亜のビールは日本のビールより随分苦かった。ビールを飲んでいると店は賑わい始めた。客の大半は、食後、観劇に出かける人達で、夫婦、あるいは、四、五人の団体だ。女性は、皆、随分めかしこんでいる。一人でテーブルに座っているのは僕だけだった。英国人に囲まれ、お互いを観察できる空間にいると、彼らは、一人で食事をする僕を横目で見ながら、英国社会から外れた、英国文化を理解しない外国人と、冷笑しているような気がした。しかし、僕はそういう外国人ではない。僕はこの店には英国人と一緒に来たわけで、大学に行けば、友人と呼べるかは分からないが、とにかく、知っている学生もいる。しっかりと、この街に根をおろして生活をしているのだ。僕は椅子を座りなおして背を真っ直ぐに伸ばしてビールを飲んだ。

僕は素知らぬふりでビルのテーブルを見た。女性は背中をこちらに向けているが、かぶっている赤い帽子が流行の品物だということは僕にも分かった。こちらを向いているビルはいつも会社に行く背広を着ていて、女性に比べると、寂れた感じだ。ビルの表情は硬く、仕草が二人とも他人行儀だった。

僕はビールをすすった。これから二時間、二人の食事が終わるのを待つわけだ。幸い、この料理店のコースには前菜が二品あり、主菜も二品ある。時間をつぶすのはそんなに難しくはない筈だ。ビルが言った通り、店の評判も良いようで、最初の前菜が来た頃には空いているテーブルはなくなっていた。給仕達が忙しそうにテーブルからテーブルへと飛び回っている。ビルと女性も少し打ち解けて来たように見える。

時間と共に、客達も酒が回り、ざわざわと陽気な声を上げ、料理店は益々賑わった。僕は主菜の牛肉を食べ終え、ナイフとフォークを空になった皿の上に並べた。すると、店の入り口の方から男の大きな声が聞こえてきた。見ると、女性連れの男性客が巻き毛の給仕に怒鳴り声を浴びせている。客は予約をしておいたのに、店の手落ちで席がないと言うのだ。他の給仕も来て、男をなだめようとしたが、言うことを聞かない。今頃、他の料理店に行っても、席など空いていない。これから劇を見に行くのに、真夜中まで、夕食抜きでいろというのかなどと、わめく。散々、騒ぎ立てられて、困り果てた巻き毛の給仕が僕の所にやってきた。さっきまで愛想よく笑っていたのに、今は何日も寝ずに働いたような顔をしている。

「お客様、食事が終わられたら、あちらのお客様にテーブルを譲っていただくことは可能ですか」

給仕は入口に立つうるさい客を見た。

「いいですよ」

気の毒な給仕に僕は即答した。ビルの食事が終わるまで、外でぶらぶらしていても良い。給仕の表情が一度に明るくなった。

「私が予約を受けたのに席を取るのを忘れていて」

テーブルの食器を片しながら、給仕は伊太利亜語でありがとうと繰り返し、直ぐに珈琲を持ってくると言った。相手の女性に気付かれないように、ビルがどうかしたのかと言うような表情で僕を見た。僕は大丈夫だと手振りで示した。給仕はそのまま入口に立っている客のところに説明に行った。ところが、その客は益々声を荒げた。

「そんなことをして、その紳士に失礼じゃないか」

客は僕を見ていた。

「そんなサービスをこの料理店はするのか」

その声は店の隅々まで響いた。給仕はただおどおどするばかりだった。僕は見ていられず、席を立ち、テーブルを空ける仕草をした。

「あなたは座っていてくれ。この男の責任だ」

男性客が僕に叫んできた。

ビルが、突然、テーブルを立った。そして、連れの女性を残して、入口まで行って、客と給仕に話を始めた。すると、問題の客は大人しくなった。

「セイジさん、僕のテーブルに移ってくれ」

ビルが僕のテーブルに来て言った。

「あの男も納得したから」

「でも、連れの方が」

連れの女性は僕達を見ていた。

「いいんだよ」

僕はビルのテーブルに移った。巻き毛の給仕が申し訳なさそうに珈琲を持ってきた。ビルは僕に女性を紹介した。女性はアンナといい、ビルの小学校の同級生だった。同級生だから、もう、そこそこの年なのだが、とてもきれいな澄んだ目をしていて、ビルよりずっと若く見える。

「下宿人さんが同じ料理店にいたなんて本当に偶然ですね」

アンナが言った。ビルは咳払いをした。

「アンナさんはＢＢＣラジオで働いていてね。今日、仕事の後で会うことになったんだ」

騒ぎを起こした客が連れの女性と、僕がいたテーブルに腰かけた。

「アンナさんと会うのは小学校を卒業してから初めてなんだ。この夏、同級生の住所が書かれた手紙が来てね。そこにアンナさんの名前を見つけて。思い切って手紙を書いてみたら、びっくりするほどの、その、親切なお返事を頂いて」

ビルはアンナを見ていた。アンナが何か言おうとしたがビルが続けた。

「僕の初恋の女性なんです」

ビルの言葉に、僕以上にアンナが驚いた。ビルは真剣だった。

「勿論、片思いで、小学校の時は、あなたとは話したこともなかったのですが」

給仕がビルとアンナの珈琲を持ってきたので、ビルは話を止めた。頬から首の肌が赤く染まっている。コーヒーカップを持つ指が震えていた。珈琲を一口飲んでから、顔を上げると、思い詰めたような眼差しでアンナを見た。

「つまり、その手紙で、あなたも私のことを思っていて下さったと。あの頃に戻りたいと。今、お話を伺うとご主人を大戦で亡くされたということで。こうして、今も若々しいあなたを前に見ると」

「あの」

アンナがビルの話を止めた。アンナの笑顔は消えていた。

「いえ、いいんです。もう少し、言わせて下さい」

「そうじゃなくて」

アンナがビルを遮った。

「実は、私、勘違いをしていて。ビルというので、ビルかと思ったのですけど」

ビルは目をしばたいた。

「私、ビルという子が好きだったんで。それがあなただと」

アンナが気まずそうに続けた。

「そう思ったんですが」

「人違いとでも？」

「ええ」

「すると、手紙で書かれていたあなたのお気持ちというのは、その、別のビルへの」

「本当にすみません。お会いした時、間違いだったってことは直ぐに気付いたんですが」

ビルは口を半分開けたままアンナを見ていた。そして、うつむいて、テーブルに置かれたコーヒーカップを見つめた。すると、その肩ががくがくと震え始めた。そして、顔を上げ、アンナを見ると、顔中を真っ赤にして、どっと堰を切ったような笑い声を上げた。それを見て、アンナも申し訳なさそうに笑い始めた。ビルは何てことだ、何てことだと言いながら涙を流して笑った。

笑いが収まると、ポケットから手紙を取り出し、テーブルの上に広げた。同級生の名前と住所が書きこまれている表だ。ビルは表の上から下まで、すべての名前を指で追って確かめた。

「たしかに、ビルはビル・フォード、僕だけですね」

「ええ、それで、私もてっきり」

「でも、言われてみれば、もう一人、ビルがいたような気がするな」

ビルは少し考えた。

「ああ、ファーガソンじゃないですか。ビル・ファーガソン」

「ビル・ファーガソン？」

「サッカーが得意だった」

「ああ、そうです」

アンナが何度も首を縦に振った。ビルのファーガソンに対する記憶はあやふやだったが、アンナの方は髪の色や口癖などを覚えていた。ただ、二人とも、ビル・ファーガソンの名前が表に載っていない理由は分からなかった。

巻き毛の給仕がデザートのケーキを持ってきた。そして、ケーキは店からのサービスだと言った。見ると僕のテーブルに座った男はまるで何事もなかったように女性と食事を楽しんでいる。

「あなたの返事がとても情熱的だったんで」

給仕がテーブルから離れた後、ビルが言った。

「こっちは、自分の人生の中で、別の道があったんじゃないかって、完全に悩んでしまって。人生をやり直すみたいな」

「すいません。変な手紙を出して」

「考えてみりゃ、僕みたいな男に」

「そんなこと」

二人はまた笑った。

食後のリキュールまで飲んでから僕達は料理店を出た。満腹感と適度な酔いで、僕は穏やかな気分だった。駅に向かう道でビルは、ビル・ファーガソンを探すのかとアンナに聞いた。

「いえ。また勘違いすると困りますから」

「会って、思いを伝えると、すっきりするかもしれませんよ。僕みたいに」

「でも、今さら」

「ためらっている暇はないですよ。人生は、その、短いですから」

駅に着き、プラットホームで待っていると、強い風を巻き上げながら地下鉄が近付いて来た。

「どうもありがとう」

「こちらこそ」

ビルが握手の手を差し出すと、アンナは自分より背の低いビルの頬に別れのキスをした。

「年寄りの昔話に付き合わせてごめんなさいね」

「いいえ、お話を聞けて、楽しかったです」

「ありがとう」

そう言って、アンナは僕の頬にもキスをした。

地下鉄に乗り込むと、閉まる扉の内側からアンナは手を振った。地下鉄はガタゴトと音を立てながらプラットホームを去って行った。そして、暗いトンネルの中に消えた。その地下鉄の音が聞こえなくなると、反対側のプラットホームに僕達が乗る地下鉄が騒音をまき散らしながら入ってきた。

「今夜はありがとう」

地下鉄の中でつり革を握りながらビルが言った。

「セイジ君はいくつだっけ?」

「二十七才です」

「若いんだ」

ビルが笑った。そして、独り言のように呟いた。

「季節外れの祭りか……」

地下鉄は轟音を上げてトンネルを駆け抜けた。ビルは黙って正面の窓硝子を見ていた。僕は車内に貼られたペット・フードの広告を読んだ。次の駅で地下鉄が止まった。乗客の乗り降りが終わると地下鉄はまた車体を揺すりながら動き始めた。ビルが僕を見た。

「やっぱり、今夜のことは、ミセス・フォードには言わないでおこう」

7

金曜日の朝はさわやかに晴れ渡っていた。倫敦に来て一か月になるが、こんなにきれいな青い空が広がったのは初めてだ。ちょうど、東京の晩秋の空だ。乾いた空気に包まれ、渋滞中の車でさえ気持ちよさそうにエンジンを鳴らしている。行きかう人の表情も明るく、足取りも軽い。まるで街全体が生まれ変わったようだ。

たまたま、大学の校舎の前でドリスとローズとチャールズの三人に会った。幸いロバートはいなかった。心地良い気分を乱されたくはない。

透明な日光を受けて、ローズは病み上がりという白い顔をしている。

「大丈夫ですか」

「ええ。もう、普通よ」

「インフルエンザじゃなかったから」

ローズの肩をいたわるように触れながらチャールズが言った。

「そうね。でも、肩をさすらなくてもいいのよ」

チャールズは慌ててローズの肩から手を離した。ローズは僕を見た。

「先週はロバートが馬鹿をやらかしたらしいわね。今度やったら、私がぶん殴ってやるわ」

「ごめんなさい。ロバートに謝らせたいんだけど」

ドリスが詫びた。

「大丈夫です。ドリスさんとチャールズさんに止めてもらって助かりました。でなけりゃ、ロバートさんに吹っ飛ばされて、今頃、病院でしょうから」

「ロバートはもう大学には来ないから安心して。休学届を出したの」

「いよいよローマに行くんですね」

ドリスは頷いた。

「まだドリスをしつこく誘ってるのよ」

ローズが言った。

「きっぱりと断りなさいよ。一年もローマに行くなんて出来るわけがないじゃない。ドリスが嫌がっているのを分からないのかしら。ドリスとファシズム。一体、世界でその選択を迷う人がいる？」

ドリスはただ肩をすくめた。

僕たちは教室に入り、席に着いた。

「元気そうね」

隣に座るドリスが僕に言った。僕は頷いた。ドリスが僕の気分を読んでくれたことが嬉しかった。

「今日はいい天気ですから」

「そうね、今朝は秋の匂いがしたわ」

「どういう匂いですか？」

「枯れ葉の匂いよ」

秋は枯れ葉の匂いか。

教授が現れ、講義が始まった。講義に集中した。しかし、時々、ドリスの横顔を見た。頬にはバラの花のようなつやがある。細い鼻の線と柔らかい曲線を描く顎が優しい輪郭を作っている。僕はきれいだと思った。

講義が終わり、ドリスが言った。

「午後、講演会に行くんだけど、一緒に来ない？」

「誰の講演会ですか？」

「女性小説家の講演会。女性運動について」

「女性運動に興味があるんですか？」

「もちろん」

「これからは女の時代よ。男に任せておくと戦争が起きるだけだから」

ローズも意気込んだ。

「日本でも女性運動は盛んでしょう？」

ドリスが聞いた。

「運動はありますけど。英国と違って、まだ、女性には選挙権もない状態ですから」

「それなら、この国の女性運動を見て、日本に持って帰ったらいいわ。講演会に出席するべきよ」

僕はドリス達の勧めに従うことにした。

講演会の切符は大学の事務局で購入した。食堂で昼食をとった後、僕達は講演会場である近くの劇場に向かった。大学が主催する講演会はだいたいこの劇場で開かれる。劇場に着くと、建物の前には行列ができていた。学生が多いが、若い事務員から主婦層まで、女性を中心に色々な年齢の人達が集まっている。僕達も行列に加わると、間もなく開場時間になった。

劇場に入ると、場内は熱気でざわついている。正面の舞台に演台が設置され、その脇には大きな花かごが置かれていた。着席して、講演の開始を待っていると、定刻通り、司会者の紹介を受けて講演者が舞台に現れた。同時に割れんばかりの拍手が鳴り響いた。講演者はバージニア・ウルフという女性小説家だった。作家としての名声もさることながら、女性運動に積極的に関わり、その運動の象徴的な存在になっているらしい。

バージニア・ウルフは、背筋をまっすぐにして舞台に立っていた。拍手が鳴りやむのを待って、観客に向かって話し始めた。柔らかい音質でありながら、信念を感じさせる、一種カリスマ的な声だ。小説家は、近々刊行される著書に合わせて、女性の社会的地位について語った。女性の地位向上のため、激しい言葉も使い、その合間に、小説家らしい情緒ある言葉もちりばめる。

観客に自分の思いを訴えかける小説家を、ドリスはまるで夢でも見ているようにうっとりと見つめていた。そして、小説家の言葉に頷き、時々、手帖にメモも取る。普段の講義での様子とは比較にならないくらい、ドリスの表情は生き生きとしている。

「どうかした？」

ドリスと目が合った。

「いえ、何でも」

僕は慌てて小説家に視線を戻した。

小説家は比較的裕福な家庭で育ったのだが、兄弟とは違い、女ということで大学に進学できなかった。悔しい体験だった。そして、女性は家にいれば次から次へとやらなければならない仕事を言いつけられ、机に座り、何かを学ぶ時間など決して取れないと訴える。だから、女性には家族や他人に邪魔をされない、鍵がかかる自分自身の部屋が必要だと言った。

講演が終わると、質疑の時間が持たれた。質問を求められると、聴衆が一斉に手を上げた。ドリスもローズも、腰を浮かせるほど手を高く上げた。しかし、二人はなかなか指名されない。何人かの質問者が続いた後、司会者の最後の指名を受けたのは痩せた若い女性だった。選ばれなかった聴衆はがっかりしたが、この若い女性の気の利いた最後の質問を期待した。痩せた女性は立ち上がり、おどおどしながら尋ねた。

「好きな食べ物は何ですか？」

劇場に失笑が湧き上がった。しかし、小説家は、体験談まで混ぜて、好物はレタスとチーズだと丁寧に答えた。質疑を終え、満場の拍手の中、小説家は退出した。

「バージニア・ウルフの好物が分かったわけだ」

席を立ちながらチャールズが笑った。

「最後の質問なんだから、もっと核心に迫る事を聞けないのかしら」

ローズがぼやいた。

「何を聞くつもりだったの？」

ドリスが聞いた。

「女性の政党を立ちあげるか聞くつもりだったわ」

「その政党の名前はこれで決まったな」

チャールズが口を挟んだ。

「何よ」

「レタス・チーズ党」

ローズはプイと顔を背け、チャールズの前を歩いて行った。僕はドリスに聞いた。

「何を質問するつもりでした？」

「良く考えてはいなかったわ」

「それじゃあ、本当に指名されたら慌てましたね」

「そんなことないわ。聞きたいことは山ほどあるから。あー、一度会って話ができたらなあ」

劇場を出ると、外にはまだ柔らかい秋の夕陽が残っていた。


数日後、居間でビルと話をしていると、電話が鳴り、ビルが席を立った。電話はこの家の大家が居住中に設置したもので、転居する際、そのまま置いていった。電話があると、わざわざ出かけなくても、いつでも人と話せる。電話が普及すると、人は外出する必要が随分減ってしまうだろう。

電話を受けたビルが僕を呼んだ。

「ミス・テイラーですよ」

電話に出るとドリスの声がした。

「頼みがあるの」

ドリスの声が前のめりになっている。この水曜日に、ある政治家のパーティーが催されることになった。チャールズが招待を受けているが、同じ日に外務省関係のパーティーがあり、そこにローズと出席することになっていて、参加できない。しかし、代わりにドリスがどうしてもそのパーティーに出席したいと言う。

「どうしてか分かる？　招待客に誰が入っていると思う？」

「政治献金をする富豪とか？」

「バージニア・ウルフよ」

講演会の小説家だ。

「信じられないでしょう。話ができるかもしれないわ」

ドリスは興奮で声を弾ませている。

「それでお願いなんだけど。パーティーに、一緒に来てくれない？」

「でもその手のパーティーは」

「詰まらないとは思うわ。古い政治家だから。でも、そこは我慢してもらって」

「そうじゃなくて。日本人が行くとまずくないですか？」

「どうして？」

「政治家だったら、日本が嫌いだとかいうこともあるだろうし」

「問題ないわ。日本大使館の人たちも来るってチャールズが言ってたから」

「そうですか」

それでも、また、パーティーとなれば出費が気になる。

「何か用事でも?」

「いえ、そうじゃないんですけど」

躊躇ったが、ドリスに頼まれては断れない。

「大丈夫です。行けます」


水曜日の夕方、ミセス・フォードには政治的会合に参加すると言って下宿先を出た。パーティーが催されるホテルはグリーンパークにあった。倫敦市でも一流のホテルで、ロビーに入るとロココ調の手の込んだ装飾が目に入る。貸衣装屋で借りたモーニングを着て場違いな思いをしながら、ドリスが来るのを待った。

時間通りに、ドリスは入口の回転扉から入ってきた。僕を見て、小さく手を振った。白いドレス姿で、淡く桜色に染まった首筋と肩が美しい。ドリスはバッグから招待状を取り出し、パーティーの会場を確認した。

「さ、行きましょう」

僕たちはロビーの奥に進んでいった。

「パーティーは一時間前から始まってるの。でも、いいのよ。政治家に会いに来たんじゃないから。バージニア・ウルフが来るのはずっと後の筈よ」

「どうしてですか？」

「バージニア・ウルフはスターじゃない。そう簡単に人前には現れないわ」

自信ありげにそう言ってから、ドリスは、突然、僕の肘に腕を巻きつけた。僕の心臓がドキリと鳴った。

「肘を曲げてくれます？」

僕はだらりと下げていた腕を慌てて曲げた。一斉に周りの人達の視線が僕達に注がれた、ような気がした。

「いいんですか？」

「何が？」

「いいえ、腕を組んだりして」

「あなたがエスコートよ。そのために来てもらったんじゃない」

僕は受付までドリスを『エスコート』した。

受付には数人の男女がいた。ドリスは招待状を示し、女性に話しかけた。

「バージニア・ウルフさんが来るって聞いていますが」

「ええ、いらっしゃっていますよ」

「もう、来てるんですか？」

ドリスの目算が狂った。

「今夜はブルームズベリー・グループの会合があるそうです」

受付の婦人はブルームズベリーを得意げにゆっくりと発音した。ブルームズベリー・グループは市内のブルームズベリーという地域に住む知識人の集まりで、バージニア・ウルフの家で定期的に会合が開かれているそうだ。その会合が今夜行われるので、バージニア・ウルフはパーティーに早めに来て、適当な時間に抜け出すということなのだろうとドリスは推測した。ドリスはいそいそと会場に入った。

パーティーは、東洋パーティーと違い、バンドの演奏などはなく、静かに開かれていた。年配層が主体の招待客は男はモーニング、女性はフォーマルなドレスを着て、品の良い会話をしている。

「せっかくのチャンスなのに帰られたら困るわ」

招待客の間をドリスは進んだ。

「会ってどうするんですか？」

「話ができればいいのよ」

ドリスは振り返って、僕を見た。

「きっと、ひらめきを貰えるわ」

「何か悩みでもあるんですか？」

「当たり前じゃない」

「どんな？」

「自分の生き方よ。何をしたらいいか」

「そうなんですか」

「他人事みたいに。セイジさんは自分の道は分かっているの？」

「英語教師に戻るかどうか。まだ、良く分かりません」

「だったら、セイジさんもバージニア・ウルフと話して啓示を頂いたら？」

ドリスは大まじめだ。

男の招待客だけでできた塊があった。その中心には新聞で見たことのある政治家がいた。今夜のパーティーはこの政治家のために催された。政治家は大きな腹を突き出して、得意げに、皆の顔を見回しながら話をしている。ドリスは男達の後ろを素通りした。その先に女性が集まっている輪があった。ドリスは輪の中に分け入った。その中心にはすらりとした若い女性がいた。ドリスは即座にその輪を出た。

「あの子に用はないわ」

「誰だったんですか？」

「ルースよ。巴里帰りのピアニスト」

ドリスが会場内を見渡していると、僕は日本人に出くわした。僕がその日本人と話を始めると、ドリスはせかせかと何処かへ行ってしまった。

「大使館の早乙女と申します」

早乙女さんは礼儀正しく腰を折った。身体の細い小柄な男で、僕より背が低い男に会うのは久しぶりだった。僕が前回のパーティーで会った吉村夫人の名を出すと、夫妻はすでに米国に出発したと早乙女さんは言った。早乙女さんは政務班に勤務していて、大使館に来たら声を掛けてくれと言う。そこにドリスが慌てて戻って来た。

「直ぐに来て。彼女、帰るところよ」

早乙女さんへの挨拶もそこそこに、ドリスに手を引かれて、会場の出口に向かった。

バージニア・ウルフは、帰りの支度が整い、すでに受付の前にいた。大きな背中をこちらに向けた男と話をしている。バージニア・ウルフの横には口髭を蓄えた背の高い紳士が立っている。紳士は小説家の夫だとドリスが囁いた。ドリスは大きな背中の男の後ろから、何とかバージニア・ウルフに話す機会を窺った。ところが、バージニア・ウルフは挨拶を終えると、さっさと夫と一緒に会場を後に歩き始めた。ドリスがあっと声を上げると、ドリスの前に立ちはだかっている大きな背中が振り向いた。酒で赤くなった目で僕達を見ると、その大きな口髭が動いた。

「こちらの若いお二人はどちらの関係の方ですか」

マクドナルド首相だった。首相は上機嫌だ。ドリスは立ち去って行く小説家夫妻を目で追いながら答えた。

「ドリス・テイラーです。外務省のチャールズ・ヒューズの紹介でまいりました」

「外務省。すると、こちらも？」

「日本から参りました」

「大使館の方だ」

「いえ、留学生です」

「ほう、専攻は？」

僕が返事をしようとすると、ドリスが割り込んだ。

「私たちも失礼させていただきます」

こともあろうに、英国首相の話の腰を折った。幸い首相は気に留めず、それでは御機嫌ようなどと言って、招待客の中に戻って行った。英国の首相ともっと話してみたい未練を引きずりながら、僕はドリスと一緒に、ロビーから消えていく小説家夫妻を追った。

夫妻が回転扉からホテルを出て行くのは見えた。だが、僕達がホテルの外に立った時には二人の姿はなかった。というより、辺りは厚い霧に覆われ、目の前に立っているベルボーイの顔さえよく分からない。ドリスは腹を立てた。

「あんな酔っ払いさえいなければ」

「君の国の首相だよ」

「違うわよ、首相は、今、亜米利加よ」

　僕には首相にしか見えなかったけれど。

「ああ、バージニア・ウルフが目の前にいたのに」

　ドリスは諦めきれないという様子で、目を凝らして辺りを見たが、霧の中に見えるのはぼんやり浮かぶ街燈の灯だけだ。

「ああ、もう、駄目だ」

　ドリスはまるで幼い娘のように泣き出しそうな顔をした。僕はそばに立っているベルボーイに聞いた。

「今、夫婦が出て来たでしょう。見なかったです？」

「はい。中年のご夫婦ですか？」

「そう。その夫婦、何処に行きました？」

「タクシーに乗りましたよ」

「ブルームズベリーに帰っちゃったのね。ブルームズベリー・グループの会合があるから」

　ドリスはすっかり落胆した。

「ブルームズベリーってどこなんですか」

「ラッセル・スクエアー公園の近くよ」

「そんな近いんですか？　ドリスさんのアパートのすぐ近所じゃないですか」

「そうよ」

「それなら僕達もタクシーでブルームズベリーに行きましょう」

「無駄よ。バージニア・ウルフの住所なんて分からないし」

「とにかく、追いかければ、夫妻を見つけられるかもしれない」

僕達はベルボーイが呼んだタクシーに乗り込んだ。

「ブルームズベリーまで。急いでくれますか」

タクシーの運転手は運転席からゆっくり振り向いた。

「うちには五人の子供がいてね。こんな霧だ。女房がね、事故には気をつけろって。旦那、男と女は考え方が根っから違うんだ。つくづくそれが分かってね」

「取り敢えず走って下さい」

タクシーが霧の道を走りだした。運良く、渋滞はなく、タクシーは順調に走り、程無く、ブルームズベリーに着いた。しかし、バージニア・ウルフが乗ったタクシーなど影も形もない。霧は更に濃くなっていて、タクシーの扉を開けると霧が車内にまで流れ込んできた。通りに立つと一メートル先も見えない。それでも、僕達は通りを歩いた。しかし、小説家夫婦を見つけるどころか、通行人もいない。

「こんな霧の夜に歩く物好きなんかいるわけがないわ」

「もう少し、先に行ってみましょう」

僕はドリスのために何とかしたかった。その時、厚手の外套を着た男がスーッと霧の中から現れ、僕達の脇を通り過ぎた。口髭をつけた男だった。小説家の夫かと思ったがそうではなかった。ところが、ドリスが僕の腕を掴んだ。

「ケインズよ」

「経済学者の？」

ドリスが頷いた。

「どうしてこんな所に？」

「ブルームズベリー・グループのメンバー」

霧の中で一瞬見たケインズは額に皺を寄せ、随分気難しそうな顔をしていた。余程、夜霧に辟易しているのか、それとも、現在の経済状況を憂いているのか。僕達はケインズの後を追った。少し歩くと、ケインズの厚手の外套はある建物の前庭に入って行った。扉の前で呼び鈴を鳴らすと、扉が開き、室内から光が暗闇の中に放たれた。応対に出た執事はケインズを見て、慇懃に頭を下げると、建物の中に招き入れた。扉が閉まると、辺りはまた暗闇に覆われた。バージニア・ウルフの家に違いない。

「行きましょう」

「どうするの？」

僕は躊躇うドリスの手を引いた。扉の前に立ち、呼び鈴を鳴らした。執事がすぐに扉を開けた。執事は目を細め、疑るように僕達を見た。

「どちらさまでしょうか」

「日本大使館の政務班の者です」

「あなたは？」

執事がドリスに聞いた。

「大使館職員です」

僕が代わりに答えた。

「それで？」

「大使館からバージニア・ウルフ様にお伝えしたいことがあります」

僕は日本国の旅券を示した。執事は旅券を手に取り確かめてから、それを持ったまま、待つように言って扉を閉めた。旅券に何の権威があるわけでもない。偶然に持っていたので、とっさに提示してみただけだ。とにかく、バージニア・ウルフがいることが証明された。

「どうするつもりなの？」

ドリスが聞いた。

「バージニア・ウルフに会う準備をして」

僕はドリスに言った。

扉が再び開いた。家の中から射す光の中に、バージニア・ウルフが現れた。ただ、講演会で見せたような笑顔はなく、神経質そうに僕とドリスを交互に見比べた。

「これはあなたのですか？」

僕が頷くと、バージニア・ウルフは旅券を僕の手に返した。

「どういうことでしょうか？」

僕はドリスに話をするように目で促した。しかし、ドリスはまるで太陽でも見るように、眩しそうに、小説家を見つめるだけだった。

「ご用件は？」

バージニア・ウルフが再び尋ねると、ようやくドリスが目を覚ました。

「はい。先日、大学で講演を拝聴いたしました。とても、感動的で」

「学生さんね」

ドリスが嬉しそうに、はいと答えた。扉の奥に立っていた執事が眉毛を吊り上げ、こちらに一歩踏み出した。

「日本政府としては」

僕の言葉に、執事は思いとどまった。

「バージニア・ウルフ様、貴殿が女性党を結成し、その党名を『レタス・チーズ党』にすることを進言させていただきたいと思います」

バージニア・ウルフは噴き出した。笑いながら、良く分かりましたと言って、家の中に戻ろうとした。

「ミス・テイラー、質問は？」

僕はドリスに言った。バージニア・ウルフが振り向いた。ドリスは真っ直ぐに小説家を見た。

「今、私がしなければならないことはなんでしょうか？」

小説家はドリスを見つめ微笑んだ。

「勉強を続けなさい。卒業して仕事に就きなさい。そして一日も早く自立するのです」

扉が閉まった。僕達は、また、冷たい白い霧粒が流れる夜の街に立っていた。それでも、ドリスの頬に浮かんだ薄紅色の興奮はなかなか消えなかった。

8

倫敦 1929

「日本大使館の新波さんですか。チャールズと申します」

講義が終わり、生徒が退出し始めた教室で、ドリスとローズとチャールズが僕の前にやって来た。チャールズはおどけて握手を求めてきた。

「お会いできて光栄です」

「日本への入国許可証を頂きたいんですが」

ローズも加わった。

「申し訳ございません」

僕は真顔を作った。

「お二人は素行が良くないので、日本の治安上、許可証の発行は出来ません」

「それはない」

チャールズとローズが一緒に笑った。

「バージニア・ウルフに会えて、ローズがずっとひがんでいるのよ」

ドリスが言った。

「本当。あの日はチャールズに付き合わされてとんでもない損をしたわ」

ローズの言葉に、チャールズは申し訳なさそうな顔をした。

「バージニア・ウルフに会った感想は？」

ローズが聞いた。

「車で追いかけたりして、会うまでが大変でしたけど、とにかく、会って話してみると親切な人でした。ユーモアのセンスもあって、魅力的で」

「目が合うと言葉が出なくなるの」

ドリスがバージニア・ウルフの前に立った時の様な恍惚とした眼差しを見せた。しかし、その表情は吐き出す溜息と一緒に消えた。ドリスの声はかすれていた。ドリスはローズとチャールズと共に、ぐったりと机の上に腰かけた。チャールズが大きなあくびをした。

「だらだらしないで」

チャールズを注意するローズもあくびを止められなかった。

「今朝は寝てないの」

ドリスが瞼をこすりながら言った。

「昨日、パーティーがあって」

「また、パーティーですか」

「宝探しよ」

毎晩のようにパーティーに出かけるエネルギーには驚かされる。ドリスが、昨夜参加した宝探しというのは、パーティーの主催者が用意した謎解きのメモをもとに、市内の公園や建物に隠された宝物を他の参加者と一緒に車で探し回るというものらしい。ドリス達はチャールズの車で、一晩中、宝を追いかけたそうだ。たわいない遊びのようだが、聞いてみると、宝物というのは、上流階級や金持ちの子息が持ち込んだもので、某伯爵夫人の首飾り、ある映画女優の恋文、若手芸術家の彫刻など、ただの遊びを超えていた。セント・ジェームス公園では、真夜中だと言うのに何十台もの車が公園に集まり、参加者が芝生や木の根っ子を掘り返したりし、参加者同士がいざこざを起こす騒ぎにまでなったらしい。朝になって宝探しは終わったが、その後、誰それの家に集まって酒を飲んでいたそうだ。

「セント・ジェームス公園で見た星はきれいだったわ」

ローズが言った。

「君はあそこでは寝てたよ」

チャールズにローズが言い返した。

「何言ってるの。目を閉じてても、心の目で観察してたのよ」

「宝物は見つけたんですか？」

「指輪を見つけそうになったんだけど、横取りされて」

チャールズは悔しそうに言った。

「君にあげるつもりだったんだ」

ローズはチャールズを無視して僕を見た。

「今朝のスター・ミラーにパーティーの記事が出てたけど見た？」

「いえ、見ていません」

「写真も出ていたわ。私達じゃないけど」

ローズはあくびを噛み殺しながら言った。

「毎日パーティーじゃあ、疲れるでしょう？」

僕が聞くと、チャールズが答えた。

「確かに。何か、若さを浪費しているようだし」

ローズが反発した。

「それでも、いいじゃない。シェイクスピアも言ったでしょう、『大切なのは、自分自身に忠実であることだ』って。それとも、君は誰かに強制されているとでも言うの？」

チャールズがローズをじっと見つめてから、にやりと笑った。

「ああ、そうなの。私が強制してるって言うの。もう、どこにも連れて行ってあげないわよ」

「冗談だよ。強制なんかされていないよ」

チャールズが慌てて態度を改めた。

「自分のやりたいことをやるっていうのは大事よね」

ドリスが言った。

「でも、宝探しはすごく疲れるわ。セイジさんは行かなくて正解よ。今度、もっと楽しいパーティーに一緒に行きましょう」

そして、気が乗らない様子で腰を上げた。

「そろそろ、行かなきゃ」

「用事ですか?」

「実家に行かなきゃならないの。お父さんに呼ばれて。明日の午前中に法律事務所に行って、何かの書類に署名しろって」

「いいじゃない。すぐに日曜日に帰って来れば」

ローズが言った。

「でも、実家には電話もまだ来てないし。母親は小言が多いし」

「お母さんは教育熱心なんですよね」

「熱心すぎね。それに、お母さん、物の長さにこだわりがあって。顔を合わせれば、髪の毛が短いとか、爪が長いとか、スカートが短いとか」

ローズは、同情するように、首を横に振った。

「そうだ」

ドリスが僕を見た。

「セイジさん、一緒にラドローに来てくれない？」

「冗談でしょう」

「いいじゃない。セイジさんがいれば、お母さんも遠慮して少しは大人しくなるわ」

「そんなことないですよ。僕なんかが行っても。お母さんに背が短すぎるって言われますから」

　三人は笑った。

「こういうときにはロバートが役に立ったんだけど」

「ロバートが当てにならないことは証明済みよ」

　ローズが腹立たしげに言った。

「昨日、ロバートに会ったの。セイジさんにはきちんとお詫びをしろって言ってやったわ。でも、もう、完全に狂っているし」

「また、何かあったんですか？」

「未だに、ドリスにローマに一緒に来てくれなんて言うのよ。しまいにはドリスを脅したり」

「脅す？」

「無理にでもローマに連れて行くって」

「どうやって？」

「夢も現実も区別できないみたい」

ローズはもうお話にならないと言った。

「出発は月末でしたよね」

僕はドリスに聞いた。

「二十八日よ。でも、もう、はっきり断ったわ。私はローマには行かないって」

ドリスはさわやかな表情を見せた。

「早く大学を卒業して、仕事に就いて、自立しないと」

ドリスが僕にウインクをした。

教室を出ると廊下で意外な人に会った。鈴木さんだ。僕が出てくるのを待っていた様子だ。鈴木さんとは金を貸した最初の経済学原論の講義の日に会ったきりで、その後、会っていない。鈴木さんはその時と同じ着古した背広を着ていた。幾分、頬の肉が落ちたようにも見える。僕を見て旧友のような笑顔を見せたが、その表情は直ぐに硬くなった。そして、ドリス達から少し離れるようにして、話を始めた。

「すまん、友達といるところを」

「大丈夫です」

「至急、君に会いたくてね」

「何か?」

「新波君とは経済の講義で会って以来、御無沙汰をしてしまい失礼した」

「いえ、こちらこそ。講義のほうはどうされたんですか」

「バタバタしててね。君は出てるのか？」

「はい」

「レポートも準備してるのか」

「はい」

「立派だな。英語のレポートは大変だろう」

「なんとかやってます」

「さすが英語の先生だ。で、用件なんだが、君には金を借りたままで申し訳なく思っている」

鈴木さんは、一度、周りを見回した。ドリス達は僕を待ちながら雑談をしている。

「実は、近々、倫敦を離れることとなった」

「帰国ですか」

「いや。日本から特高刑事が来ているらしいんだ」

鈴木さんは低い声で言った。

「自分は共産党員でないのだが、倫敦に来た特高刑事の持っている共産党関係者のリストに僕の名前が入っているというんだ」

「倫敦にまで特高が？」

鈴木さんは頷く。

「で、仲間が出国したほうが良いだろうって。それで、準備が整い次第、独逸に向かうことになった」

鈴木さんの言葉を額面通り信じて良いのか僕には分からなかった。

「でも、出国となると、逆に、港で身元が分かってしまうんじゃないですか？」

鈴木さんは一層声を落とした。

「中国人の船員に紛れて貨物船に乗り込むことになっている」

「そんなこと出来るんですか？」

「仲間が仕組んでくれるんだ。奴らには感謝しているよ」

「でも、危険過ぎませんか？」

「自分は仲間を信頼している。大丈夫だと思う。それで、君に借りた金なんだが」

「気にしないでください。あれは、いつか、都合が良い時で」

あの二ポンドはもう返って来ないものと思っていた。

「そうはいかん。同胞を裏切ることになる。友人から金が戻れば、君に借りた金も返せる」

その友人というのは英国人の作家だという。

「社会実験だって言って、正真正銘の浮浪者生活をやってるんだ。でも、僕の状況を知って、金は必ず返してくれると言っている。信頼の置ける男だ」

鈴木さんは実直な目で僕を見た。

「それで、君の住所を教えてくれないか。出航前に金が返ったら必ず君に届ける」

鈴木さんの言葉に欺瞞はない。鈴木さんを詐欺師のように考えたことを僕は恥じた。危険を冒し、独逸にまで渡って、信念を通そうとする人。この人は僕など及びもしない高尚な夢を追っているのだろう。僕はノートを切り取り、下宿先の住所を書いた。

「はっ、これは、これは」

鈴木さんが上ずった声をあげた。顔を上げると、鈴木さんがにやけた作り笑いをしている。見ると、ドリスがこちらに近づいて来る。

「セイジさん、私達はこれで」

ドリスが言った。

「ああ、すいません。友達なんです」

僕はドリスに鈴木さんを紹介した。

「学生ですか?」

ドリスの問いに僕が返事をしようとすると、鈴木さんが自分で答えた。

「柔道を指南しております」

日本語で話すので僕が通訳をした。あら、と言って、ドリスはいきなり鈴木さんの腕を掴んだ。

「ほんと、強い筋肉ね」

ドリスの行動に全く動じない鈴木さんは謙遜するように笑った。

「訳あって、異国に住んでいるとはいえ、鍛錬はかかしませんから」

鈴木さんはすらすらと話す。

「柔道に興味がおありならご教示いたしますよ」

「女性でもできるんですか?」

「もちろんです。英国では女性も参政権がある。男と対等にやるには対等な体力も必要ですから」

「精神と肉体のバランスね。神聖だわ」

「それじゃあ、次にお会いした時にでも」

鈴木さんの意外な口の軽さには驚かされた。下宿先の住所を渡すと、鈴木さんはありがとうと言って立ち去った。

「素敵な友達がいるのね」

鈴木さんの後姿を見ながらドリスが言った。

僕達も校舎を出た。街はいつものように賑わっている。ドリスはタクシーをつかまえ、駅に向かった。

ドリスのタクシーが見えなくなると、ローズが僕を見た。

「セイジさん、これからどうするの？」

「どこかで昼食をとって、公園にでも行こうかと思っています」

「それだけ？　それなら、私達と一緒にどう？　気が利いた所を知っているの」

「何の話？」

チャールズがきょとんとしている。

「エルシーが言っていた所よ」

「エルシー？　ああ、トッテナム・コート通りにあるって言ってた店？」

「食堂ですか？」

「カクテル・バーよ。昼間でも飲めるらしいの」

「それは違法じゃないですか」

「違法でも営業してるんだからしょうがないじゃない。特別の許可書でも受けたのかも知れないし。とにかく、友達のお墨付きだから心配はないわ。食事も出すかも」

ローズはタクシーをつかまえ乗り込んだ。チャールズはあまり乗り気でなさそうだ。ローズがタクシーの奥から身を乗り出した。

「カルプディエム」

「何て言いました？」

「ラテン語。『この日を掴め』よ。さあ、行きましょう」

ローズは溌溂とした笑顔を見せる。

「それじゃあ、セイジさんもどうですか？」

ローズの行動力に降参したチャールズに続いて、僕もタクシーに乗り込んだ。


トッテナム・コート通りはタクシーで北にほんの十分ほどのところにある。大英博物館が近くにあるが、タクシーを降りると、僕達はそれとは反対の方向の横道を歩いた。大通りは新しい劇場もあり、賑わっているのだが、横道は寂れていて、廃業し、扉が閉ざされた店舗が並んでいる。空は暗く、空気はくすみ、建物は煤けて薄黒い。ドブネズミでも隠れていそうな湿った歩道。浮浪者の姿も見える。そんな道をローズは臆することもなく先頭を進んだ。金色の髪と、淡くやわらかな首筋、振り向くと、東京の真冬の空のような透き通った青い目が輝く。英国とは不思議な国だ。

「ここよ」

ローズが地下に向かう階段の前に立った。階段は狭く、薄暗い。チャールズがさすがに躊躇した。

「本当にこんなところに？」

「そうよ。そこに店の名前が書いてあるじゃない」

ローズは壁に貼られた小さな看板を指した。赤い下地に黒い字で『サソリ』と書かれている。ローズが階段を下りて行く。チャールズと僕も続いた。地下の黒い扉を開け、店の中に入った。外は昼間だと言うのに、店内はいかがわしい暗闇に包まれている。壁の電燈がチカチカと今にも消えそうな光を浮かべている。

奥にカウンターがある。カウンターの中にはバーテンが一人、その前には若い男女が四、五人、立っている。若者の身なりは良く、ちょうど、ドリスやローズが行くパーティーに居そうな客だったのが救いだ。その先にはテーブルがいくつか置かれている。真っ黒な壁の脇のテーブルで、男が一人、頭の上のわずかな光を頼りに雑誌を読んでいる。男は背広を着ているが、ワイシャツのボタンは外され、胸がはだけている。

「ドライマティーニを一つ」

ローズはカウンターでバーテンに注文した。

「酒類は夜しか出せません」

バーテンは淡々と答えた。

「固いことを言って。エルシーに聞いて来たのよ。ここならいつでも飲めるって」

「時間外に酒を出すと、廃業になりますから」

「これだけ暗いんだから、夜みたいなものじゃない」

バーテンは何も言わない。

「分かったわよ。じゃあ、何を飲めるの？」

「ジュース。珈琲。紅茶」

ローズは呆れて僕達を見た。

「他の店に行こうか」

チャールズが言った。

「何処に？」

ローズはカウンターの前に立つ客達を見た。珈琲や紅茶のカップを持って話をしている。

「分かったわ」

ローズはバーテンにジュースを注文した。チャールズもジュースを注文した。僕は珈琲を注文した。バーテンから飲み物を受け取り、僕達はテーブルに移動した。

「食事はなさそうね」

ローズが笑った。

「そうですね」

「そのほうがいいよ。食べたら食あたりでも起こしそうだから。これを飲んだら、さっさと出よう」

チャールズが言った。珈琲の受け皿にスプーンがないので、僕は席を立ち、立ち話をする男女の脇を通り、カウンターに戻った。無表情なバーテンからスプーンを受け取り、テーブルに戻ろうとすると、男女の客のうち、背の高い女が僕に話しかけてきた。

「一緒に来られた女性とちょっと話がしたいんですけど」

女はローズに目を遣った。

「こちらに来るように聞いていただけます？」

女は洗練されたアクセントで話す。

「友達ですか？」

「いえ、ちょっと。以前、会ったことがあるような気がして」

僕はテーブルに戻り、女の話をすると、ローズは即座に席を立った。

「ちょっと、失礼」

チャールズもはじかれたように立ち上がった。

「君は座ってて」

ローズはチャールズを席に座らせ、一人で女の方に歩いて行った。

「嫌な感じだな」

チャールズが言った。

「どうしてですか？」

「この店、どう見てもうさん臭くて」

「確かに。でも、悪い感じの女性ではなかったですよ」

ローズは背の高い女と話し始め、連れの男女も会話に加わった。一言、二言、話をすると、皆で笑い声をあげた。チャールズは僕を見て、訳が分からないと言う風に両腕を広げた。ローズは背の高い女と親しげに話し続けた。そして、急に、女と一緒に店の奥に向かって歩き始めた。チャールズは瞬時に立ち上がり、カウンターまで行ったが、ローズには追い付けなかった。そして、残っていた男女と短い言葉を交わしてからテーブルに戻ってきた。

「化粧室に行ったって」

チャールズは自分の椅子の向きを変え、ローズが消えた方向を真っすぐに見た。

目が店の暗さに慣れ、壁の塗装がはがれている所や不器用に張られた床の板が見えるようになった。それでも、電灯の明かりが届かない部屋の角は暗闇同然で、どんな邪悪なものが潜んでいても不思議ではないといった感じだ。座っているだけで気分が悪くなる店だ。

チャールズは椅子に座ったまま、小刻みに足を揺らし始めた。幸い、少し待っただけで、ローズが背の高い女と一緒にバーに戻ってきた。チャールズはすぐさまローズに駆け寄り、ローズをテーブルに連れ戻した。

「お待たせ」

ローズは椅子に座ると、テーブルのジュースを一気に飲んだ。咳を一、二度した。顔を上げ、辺りを見回したが、ローズの目から生気がなくなっている。頬は青白い。ぎこちない笑顔を作って僕を見た。

「ジュースをもう一杯注文してきて」

席を立とうとした僕をチャールズが制した。

「僕が持ってくるよ」

チャールズはカウンターに飛んで行った。カウンターの前では、背の高い女とその仲間が集まり、バーテンと話をしている。

「ご両親は元気なんでしょう」

「はい」

ローズは僕のほうを向いていたが、目は僕の顔を認識していない。

「私の両親は離婚したの。母がね、離婚したいって。それも人生よ。彼女の人生よ。ドリスは汽車に乗ってるわね。まだ、今月のヴォーグを買ってなかった。スコットランドがいいわ」

ローズの話に脈絡がない。チャールズが戻ってくると、ジュースをテーブルに置き、心配そうにローズの顔をのぞきこんだ。ローズは、また、ジュースを一気に飲み干した。

「頭が痛いわ」

そして、突然、うつぶせに倒れ、テーブルに頭を打ち付けた。

「ローズ！」

チャールズがローズの肩をさすったが、ローズは返事をしない。

「セイジさん、鞄を持ってくれますか」

チャールズはローズを抱き上げ、店の出口に向かった。僕は皆の鞄をかかえ、カウンターで話をしている背の高い女に駆け寄った。

「何をしたんですか！」

女はただ笑うだけで何も言わない。女の手にはカクテルグラスが握られていた。

「セイジさん、扉を開けて下さい！」

チャールズが叫んだ。僕はすぐさま出口に走り、扉を開けると、ローズを抱えるチャールズと一緒に階段を駆け上がった。外は雨が降っていた。雨に打たれながら、僕達は大通りに向かって走った。通りに出たところで、警察の車が二台、横道に入ってきた。車は『サソリ』の前に止まると、七、八人の警官が店に流れ込んで行った。

僕達はタクシーを拾い、ローズの家の近くの病院に向かった。タクシーの中で、チャールズは必死にローズに話しかけたが、ローズはうわごとを繰り返すだけだった。僕が仲介役をしてしまったあの背の高い女がローズに何かをしたとしか考えられない。病院に到着すると、救急病棟に入り、即座に医師の診察を受けた。医師を前に、ローズは、もつれる口から、背の高い女と一緒に麻薬を吸引したことを認めた。ローズは急性の薬物中毒と診断され、そのまま入院することになった。

9

英国の十月は、暖かい日と冬のような日を交互に繰り返している。今日は雨が降り続き、冷え込んでいる。僕は朝から部屋で経済学原論の教科書を読んだ。レポートを提出するということが励みになっている。一区切りついたところで、教科書を閉じた。

窓には雨が吹きつけている。先週、『サソリ』を飛び出し、雨の中を走る光景が浮かんだ。入院したローズは、幸い、麻薬の影響がなくなると、直ぐに快方に向かった。ドリスもラドローから帰って来た日曜日に病院に駆け付けた。その翌日にローズは退院することができた。『サソリ』は、僕達が店を出た直後、警察の捜査を受け、閉店したらしい。

僕は机の上に置いてあった手紙を手に取った。昨日、大使館付で受け取ったばかりの、父親からの手紙だ。手紙の日付は九月上旬で、母親や家の日常のことが書き綴られていた。母親の物忘れが近頃ひどいこと。八月には大変な人だかりの中、飛行船ツェッペリン号を見に土浦に行ったこと。実家の近くで計画されていたゴルフ場の建設が始まり、自分もいずれゴルフを始めてみたいなどだ。愛子さんに関する記述はなかった。愛子さんの結婚はすでに一か月前のことだ。父親も愛子さんには自分の娘のように接していたから、早めに手紙に書いて知らせなければならない。

部屋の冷たい空気を感じ、心が倫敦に戻って来る。雨と風の音。小さな屋根裏部屋。机に置かれた英語の教科書。父親の手紙に書かれた日本の風景は、まるで遥か昔に作られた思い出のようだ。

午後になって雨が止んだ。乾パンを頬張った後、外の空気を吸いに街に出た。傘を片手に近くのキング・ジョージ公園を歩いた。公園はもう冬の佇まいだ。バラ園の植木は葉を落とし、雨に濡れた黄色や赤い落ち葉が歩道に張り付いている。空は厚い雲に閉ざされ、公園に広がる西洋芝だけが青々としている。近道をしようと、芝に足を入れると、泥水で靴の半分が埋まってしまった。慌てて歩道に戻り、大通りまで歩いた。

役所や学校の建物が並ぶ大通りは相変わらず人と車で混雑している。僕はその通りに面する図書館に入った。観光の書棚で英国の地方都市を紹介する本を手に取った。本を開き、ドリスの故郷のラドローを探してみた。ラドローは英国の中西部にあった。鉄道が通っていて、倫敦からも、半日もあれば行くことができるようだ。町は十一世紀にウェールズからの敵の侵入を防ぐために建てられた城を中心に発展した。今も、中世、チューダー朝の建物が数多く残っている。写真を見ると確かに古めかしい建物が並んでいる。こんな町を歩くドリスの姿を想像した。奇抜な色と形をした帽子。丈の短いスカート。石畳をこつこつとたたくヒールの高い靴。現代と中世が時間を超えて交錯する風景だ。

図書館を出ると、日暮れにはまだ時間があるのに、辺りはもう薄暗くなっていた。公園に戻ると芝生の上を白い霞が雲のように這っている。僕は夕刊を買うため、サウスフィールズ駅に向かった。すぐに雨が降り出し、傘を広げた。雨脚はたちまち激しくなり、駅前まで来ると、ズボンがぐっしょりと濡れていた。交差点に立つと、地下鉄を降りた通勤客が一斉に駅舎から出てくる。皆、雨空を見上げ、恨めしそうに無言の抗議をする。僕は日々繰り返される倫敦の風景の真ん中にいた。

駅舎の軒先でメリーが立っているのを見つけた。メリーは手に持った荷物を自分の外套で包んでいた。僕は交差点を渡り、駅舎でメリーに声をかけた。驚いて顔を上げたメリーは、とっさに荷物を隠すように小脇に抱え込んだ。

「今日は帰りが早いですね」

「ええ……ひどい天気ね。買い物？」

「夕刊を。散歩のついでに」

「この雨の中？」

「この国で雨が止むのを待っていたら、どこにも行けないですから」

メリーは笑った。

「丁度いい。友達を紹介するわ」

メリーは駅の売店に向かって歩いた。

「メリー！」

売店の男が大きな声を上げた。相撲取りのような体格の男で、額も眉も鼻も口もすべてが大げさなくらい大きい。

「こんにちは、アランさん」

「何、持っているの？」

アランがメリーの荷物を見ている。

「ちょっとね」

メリーは答えをはぐらかした。

「日本から来た新しい下宿人さんを紹介するわ」

僕はアランと握手をした。何度かすでに新聞を買っているから、僕には気付いていて、日本人だろうと思っていたとアランが言った。

「日本は随分遠いんだろうな。英国まで何日かかるんだろう？」

「五十日です」

「遠いなあ。港もたくさん寄るわけだ？」

「横浜を出て、シンガポール、コロンボ、スエズ、ナポリです」

「シンガポールか。それなら、そこで英国の軍艦を見たろう？」

「はい、確か何隻か停泊してました」

アランが満足そうに頷いた。シンガポールでは英国が海軍基地を建設している最中だった。日本に対抗するための工事だと言われているから、あまり、深堀りしたい話題ではない。突然、アランが太い声を張り上げて歌い始めた。

「『はじめにブリテンは神の命により青い大海原より起き上がり』」

メリーはクスクスと笑った。

「何の歌です？」

「『統べよ、ブリタニア』古い愛国歌よ」

アランの声が雨音に混じり駅舎の中で響いた。

「『英国人よ、大海を支配しろ。英国人は決して奴隷にはならないのだ』」

アランが歌い終えるのを待って、夕刊を買い、メリーと僕は一緒に帰宅した。

下宿先の玄関を開けると、メリーは荷物をかかえたまま、足早に二階に行こうとした。しかし、ミセス・フォードが台所から出てきたので、メリーはとっさに荷物を玄関の隅に置いた。

僕が外套を脱ぎ終えると、ミセス・フォードはエプロンのポケットから手紙を一通取り出し、僕に手渡した。手紙は葉書より一回り大きい白い封筒で、宛て名に僕の名前が書いてある。この下宿先で僕宛てに手紙が届いたのはこれが初めてだった。手紙は倫敦市内から投かんされているが、差し出し人の名前はなく、どういう手紙なのか見当がつかない。ミセス・フォードは手紙を開けてみろと催促するような目で僕を見ている。メリーも見つめるので、僕は封を切った。すると、中から厚手の葉書が出てきた。

『ミス・ニーナ・アッシュフォード、ミスター・イヴリン・アクトン、ミスター・ウィリアム・パーソンズが合同で主催するトロピカル・パーティーにお越し下さい。場所・キング・ヘンリー温水プール、日時・一九二九年十月二十六日（土）夜十一時』

二日後に開かれるパーティーの招待状だった。

「随分急な招待状ね」

ミセス・フォードが顔をしかめた。僕は三人の主催者の名前をもう一度見た。思い当たる名前はイヴリン・アクトンだ。先月の東洋パーティーで会ったイヴリンだ。そうだとすると、イヴリンがどうやって僕の名前や住所を手に入れたのかは大体見当はつく。

「冬になるって言うのにプールでパーティー？　夜の十一時？　まともじゃないわ」

ミセス・フォードが呆れた。

「どういうことなのか、明日、大学でドリスさんに聞いてみます」

「黒幕はドリスさんね」

黒幕とは失礼な言葉だ。しかし、ミセス・フォードのほうは腑に落ちたという顔をする。

「ＢＹＴの下品なパーティーでしょ。そういうものには参加しないことね。セイジさん、一度、注意しましたよね。また、朝帰りなんかされると困りますよ」

「お母さん、セイジさんはうちの家族じゃないのよ。お母さんは命令する立場にはないわ」

メリーが母親に言った。しかし、ミセス・フォードは取り合わない。

「下宿してるんだから、うちの規則には従ってもらいます。それが嫌なら、出て行ってもらうしかないわね」

「そんな必要はないわ」

メリーが本気で怒りだした。

「お母さんみたいな考え方じゃ世界は進歩しなくなるわ」

僕の問題で、母と娘が仲たがいをする必要はない。

「明日、大学で、詳しいことを聞いてきます。ご迷惑はかけないようにします」

ミセス・フォードは納得のいかない様子だ。メリーのほうは母親との口論を打ち切り、自分の部屋に行こうと階段を上った。

「それは何？」

ミセス・フォードが玄関に置かれたメリーの荷物を指して言った。メリーは階段から戻ってきて、外套に包まれた荷物を両手で抱えた。ミセス・フォードは訝しげに荷物を見詰めた。メリーは思い切って外套を開いた。木のケースが出てきた。

「タイプライターよ」

メリーはケースを床に置き、外套をハンガーに掛けた。

「そんなもの、どうしたの？」

「練習するのよ」

「仕事なの？」

「そうよ、新しい仕事のためよ」

「新しい仕事って？」

メリーが決然と言った。

「新しい仕事を見つけたのよ」

ミセス・フォードが不安げな表情を浮かべる。

「どういうこと？」

「証券会社の面接を受けて、秘書として採用されたの」

「証券会社？」

「シティーにある会社」

「初耳よ。工場を辞めるって言うの？」

「そうよ」

「工場長さんには相談してるんでしょうね？」

「そんな必要はないわ」

「それじゃあ、工場に不義理じゃない？」

「義理なんて誰にもないわ。もう四年間も同じ仕事をしてるのよ。毎年、若い子が入って来るし。いつまでも同じことをやってられないでしょう」

「それなら、新しい仕事をさせてもらえばいいじゃない」

「そんなことはずっと頼んで来たわ。でも、何も、変わらないの。嫌なら辞めろとも言われたわ」

「でも、もうすぐ二十才じゃない。結婚を第一に考える年でしょう」

「だから技能を身に付けるのよ。結婚しても仕事を続けられるように」

「結婚して仕事が出来るわけがないでしょ」

「どうして？　シティーの秘書はそうしてるのよ」

「とにかく、私は感心しないわ」

「お母さんが働くわけじゃないでしょう。私の人生は私が自分で決めるわ！」

メリーはタイプライターが入ったケースを持って二階の自分の部屋に駆け上がった。ミセス・フォードは無言のまま階段を見上げた。

その夜、食事の席で、メリーは口を利こうとしなかった。双子も悪いムードを察知し、大人しくしていた。ミセス・フォードも黙り込んでいる。沈黙の中、頃合を見て、ビルが静かにメリーに聞いた。

「新しい仕事と言うのはいつ決まったんだ？」

メリーが顔を上げた。

「先週、面接をして、採用は、昨日、決まったの」

「で、始めるのは?」

「十一月からよ」

「工場にはそのことはまだ伝えていないんだ?」

「まだよ。お父さんとお母さんに最初に話したかったから」

「そうか」

「私は反対よ。シティーの会社で女がどうやって働くって言うの」

メリーが両手でテーブルを叩いた。

「もう、お母さんとは話が出来ないわ」

「悪かった」

ビルが慌てた。

「食事中に持ち出す話じゃなかった。食事の後、三人で話をしよう」

しばらくまた、皆、押し黙って食事を進めた。食事が終わる頃、ビルが思い出したように僕を見た。

「そうだ。今日、会社を出るときに聞いたんだ。紐育の取引所で、取引が始まった途端に、十%も株価が落ちたって。投資家がパニックになっているようなんだ」

亜米利加の株式市場が不安定なのは今月になってから随分報道されていた。英国の大蔵大臣も米国市場での投機の増大に警鐘をならしていた。

「どうやら、亜米利加人は、皆、金を借りて株に投機しているらしいんだ。大学の先生は何て言っているんだろう」

「悲観的です」

経済学原論の教授の話では、工業生産量の低下、車の売上高の低迷、消費者の借金の増加など、現在の亜米利加の経済に不安材料は事欠かないということだ。

「これ以上景気が悪くなったら、大変なことになるな」

ビルが嘆いた。

「借金は絶対にしちゃ駄目よ」

ミセス・フォードが自分に言い聞かせるように言った。

「誰が何と言っても、私はしないわ。この家だって、家賃が払えなくなれば、即座に立ち退くわ」

「そこまで心配しなくても」

ビルが苦笑いをした。

「ウォールストリートの銀行が集まって救済策を立てるようだから」

「当てにならないわ。もともと、そういう銀行が生んだ問題じゃないの?」

ミセス・フォードは、無駄な出費はますます抑えないといけないと言って、夕食を片し始めた。ミセス・フォードとビルが台所に行くと、メリーが囁いた。

「新しい仕事のこと、どう思います？」

「自分のやりたいことはやるべきだと思います」

「そうよね」

メリーがやっと笑顔をみせた。

「パーティーには必ず行ってね。母には構わないで。時代は変わっているんだから」

10

トロピカル・パーティーは市内の温水プール施設で開かれていた。むっとする気温の中で、たくさんのソテツやヤシの木がプールの周りに置かれ、うっそうとした密林が再現されている。壁に吊り下げられたツタや熱帯植物にはスポットライトが月の光のように降り注いでいる。黒人のバンドが演奏するジャズは南海を渡る風のように、青いタイルが映るプールに浮かぶ黄色や赤の切り花を揺らす。

プールに沿って並べられた白いテーブルでは、色鮮やかで個性的な水着を着た招待客が陣取っている。多くは二十代から三十代で、会場はまるで水着の展示会のようだ。特に、水着はいかに使う素材を少なくするかという点に競争が絞られているかのようで、男はもとより、女性も長い手足を露出し、他人の目をはばからない。風呂敷のような四角い布を一枚纏っただけの女性もいる。皆、開放的で個性的な人達だ。夜の十二時を過ぎると、会場は熱気に溢れ、カクテル・バーには人垣ができた。

プールサイドのテーブルに陣取り、僕は日本に帰ったような熱気を楽しんだ。ドリスの方は、夏負けしたように、ぐったりと椅子に寄りかかっている。スポットライトの黄色い光が、ドリスの赤い水着と、昼間、市内のデパートで買ってきた僕の緑色の麻のシャツに当たっていた。プールでは泳ぎが上手い数人がきれいに列を作って泳ぎだし、見ている客達が拍手を送った。

「紐育で株が暴落したでしょう」

プールを背に、ドリスが言った。

「お父さんの会社も被害にあったみたい」

「でも、お父さんの事業は鉄鋼でしたよね」

「株式にも投資していたらしいの」

「それは災難でしたね。被害が小さいといいですが」

「これからどうなるのかしら」

「昨日の取引では反発したみたいですけど」

プールに誰かが飛び込み、歓声が上がった。そこにイヴリン・アクトンが裸足でやって来た。東洋パーティーの時に話をした男だ。思った通り、パーティーの招待状を僕に送ってくれたのはイヴリンだった。この会場に着いた時、その礼は丁寧にした。イヴリンは口髭を剃り落として、まるで別人のような端正な顔つきになっている。袖なしのシャツに水色の海水着を穿いている。イヴリンがテーブルに着くと、ドリスは息を吹き返した花のように真直ぐに座り直した。

「素敵なパーティーよ。こんなにたくさんの熱帯植物をよく集めたわね」

「私は何もしてないんだけどね。招待状の担当だったから」

「あら、あの招待状も神聖よ」

「僕も記念に取っておくつもりです」

「そう言って貰えるとね。でも、配送が遅れて、皆に文句を言われて」

「素敵な人とは会えた？」

ドリスが聞く。

「そっちは全然ダメ。皆に愛想笑いを作るのにも疲れたし。そんなことより」

イヴリンは身を乗り出した。

「弟がね。とんでもないことをやらかしたの」

ドリスは反射的にイヴリンの手を握った。

「どうしたの？」

「軍隊に入隊したの」

ドリスは口を手で覆った。イヴリンはもう手に負えないと両腕を広げる。

「戦争はやっと終わったばかりじゃない。誰が好き好んで戦場に戻るって言うの」

イヴリンは続けた。

「弟ばかりじゃないわよ。皆、戦争の話ばかりして。そんなに戦争がしたいの？　弟に何かあったらどうするの、ってのは私の父親の言葉だけどね。彼、私への期待は低いから」

「それで、もう、弟さんは家を出ちゃったの？」

「来月にね。一体、何のつもりなのか」

「皆、気が立っているのよ。ロバートも同じ」

「あのファシスト狂い？　失礼」

「いいのよ。もう、別れたから」

「そう。賢明ね。ほおっておきなさい。ああいうタイプは、いずれ、自分のみじめさに気付くわよ」

イヴリンは仲間に呼ばれ、立ち上がった。

「とにかく、今度、弟に会ったら、頭を冷やすように言ってくれる？」

「分かったわ」

イヴリンがテーブルを離れると、ドリスは重い息を吐いた。

「株の暴落とか戦争とか。悪いニュースばっかり。良いニュースは全然聞こえてこないのに」

「人間の欲のせいですよ」

「えっ？」

「人間は欲が深いから、悪い事件が起き、欲が深いから、良いニュースに気付かないんです」

「あら、東洋哲学？」

「いいえ、セイジの思い付きです」

ドリスは笑った。

「泳ごうか？」

ドリスが立ち上がった。プールでは誰も泳いでいなかった。気が乗らなかったので後にすると返事をした。

「それじゃ、泳いでくるわ」

ドリスは羽織っていたガウンを脱ぎ、白い水泳帽をかぶると、一人でプールに飛び込んだ。水しぶきを上げた赤い水着は水の中に滑らかにもぐり込んで行った。水に揺れながら赤い影はプールの底まで潜り、青いタイルの上をしばらく進んだ後、一気に、水面まで戻り、頭を出した。後は、平泳ぎでゆっくりと透明な水面を進んだ。ターンをし、僕の前を通り過ぎた時には笑って見せた。僕は赤い妖精にでも頬をつねられたような気がした。

何度かプールを往復した後、ドリスは水を滴らせながらテーブルに戻って来た。タオルを渡すと、手際良く身体を拭いて、ガウンを掛けた。水泳帽を取ると、濡れた前髪が跳ね上がった。

「泳ぎが上手ですね」

「自己流よ。でも、気持ちがいい。暖かい国に住んで、いつも、こうやって泳げたらいいんだけど。誰かローマにでも連れて行ってくれないかしら」

「本気ですか?」

「まさか」

ドリスは笑った。ドリスのワイングラスは空になっていた。

「何を飲みます?」

「白ワインがいいわ」

ドリスをテーブルに残し、僕はバーに行った。

バーは混み合っていた。並んでいると、後ろから声をかけられた。振り向くと山羊のようなあごひげを蓄えた男が立っていた。白い帽子をかぶり、カーキ色のシャツと半ズボンを穿き、ジャングルの探検に出発するような出立ちだ。自分は植物学者だと言う。低い声で、Rの発音が鼻にかかる亜米利加人だ。淡白な母音を基本とする日本人としては、英国の英語のほうがしっくりくりする。おまけにこの植物学者は、空のグラスを片手に、目が据わり、話す言葉は、単語がすべて繋がってしまって、聞きとるのが大変だ。

「君は中国人だろう」

植物学者が聞いた。

「日本人です」

「そうか、思った通りだ。どうだ、英国の気候も馬鹿に出来ないじゃないか」

植物学者がダラダラっと一気に言った。

「冬でもこんなに暖かいんだから」

一人で喜んで笑う。

「中国はどうなんだろう。暖かいんだっけ」

「日本の冬は寒いですよ」

せっかく亜米利加人と会ったのだからと思い、聞いてみた。

「紐育の株価が下がっているけど、どう思います？」

植物学者は僕を見ていなかった。銀色の水着を着た女性が脇を通り、すかさず、その肩に両手を乗せキスをした。女性は嫌がる素振りも見せず、慣れた手つきで植物学者の腕をほどき、笑いながら歩き去った。僕はバーで白ワインのグラスを二つ受け取り、植物学者に失礼した。

テーブルに戻ると、会ったことのない男がドリスと話し込んでいた。ドリスにワイングラスを渡すと、男を僕に紹介した。ハリーと言う名前だった。男は形式的に会釈をした。黄色い髪を長く垂らし、肌が異常な程白い。ハリーは直ぐにドリスとの会話に戻った。

「君が泳いでいる間、実は僕は君の事をずっと見ていたんだ。観察するようにね」

すると、何がおかしいのか、ドリスは声を立てて笑った。笑いながら僕を見た。

「ハリーは写真家なの」

「お友達ですか？」

「友達じゃあないわよ。今、会ったばかりだから」

「僕はもう君を友達だと思ってるよ」

写真家が言った。

「それなら、友達ね」

また、ドリスは笑った。

「それで、君のお洒落な水着だけど、どこで手に入れたの？」

写真家が卑猥な視線でドリスの水着を見る。

「亜米利加にいる親せきが送ってくれたの」

「ああ、どおりで」

写真家は合点が行ったという顔をした。

「とにかく、僕の雑誌なんだけど……」

写真家は長々とドリスに向かって話し始めた。ドリスは楽しそうに写真家に相槌を打つ。そして、時折、声を上げて笑う。そんな時は、ドリスは僕を見るが、僕が何がおかしいのか理解できずにいると、そのうちに、僕を見るのも止めてしまい、写真家との話に夢中になった。僕はただ黙って座っていた。

幸い、ローズとチャールズがパーティー会場に到着した。ローズは、ほんの一週間前の入院騒ぎなどなかったように、すっかり明るい顔をしている。しかし、その入院で、勉強が遅れ、チャールズの助けを借りて、今、大学のレポートを仕上げてきたところだった。

「素晴らしいわね。文句なく、今年、最高のパーティーよ」

ローズはパーティー会場を見渡した。陽気な曲を次々に演奏するバンド、プールの水に反射する照明、生い茂る植物、退屈させない招待客のけばけばしい水着。また、誰かが飛び込み、歓声が上がる。

「こんなに暖かいとは思ってなかった」

チャールズの額には汗が浮かんでいた。

「そうね」

意外と素直にローズがチャールズに同意した。

ドリスが写真家をローズに紹介した。すると、写真家と言う言葉には魔力があるのか、ローズも写真家と熱心に話を始める。しかし、すぐさま、チャールズがローズの注意を引き戻した。

「僕達も泳ごう」

チャールズが立つと、ローズも続いた。今度は僕も立ち上がった。プールでは何人かの男女が水球を投げて遊び始めていた。

「ドリスさん、行きましょう」

ドリスが写真家を見ると、写真家は首を横に振る。

「さっき泳いだばかりだから、後にするわ」

ドリスは席を立たなかった。

僕はシャツを脱ぎ、ローズとチャールズと一緒にプールに入った。水は生ぬるい。ローズはチャールズの横をクロールで水しぶきも上げずきれいに泳いで行った。僕も頭をつけ、息をつかずにしばらく進んだ。水面に頭を出すと、思いきり息を吸い、後は、ドリスと同じように、ゆっくりと平泳ぎで進んだ。泳ぎながらテーブルを見ると、写真家はドリスと頬と頬が触れるほど顔を近づけて話をしている。

ローズの前に水球が飛んできて、ローズはそれを投げ返した。そして、そのまま、水球遊びに加わった。目の前に水球が飛んでくると僕も何度か投げ返した。たまたま、僕が投げた水球がちょうど水中から顔を出した男の頭に当ってしまうと、見ている人達が大笑いをした。僕が謝ると、男は笑いながら軽く手を上げた。

その時、バーで会った植物学者がプールの縁に千鳥足で現れた。たちまち、足を踏み外し、シャツと半ズボンのまま、大きなしぶきを立ててプールに落ちた。一緒にいた銀色の水着の女性は悲鳴を上げると、足元にあった白い浮輪を投げ込み、自らも鼻をつまんでプールに飛び込んだ。植物学者の身体はうつぶせになって水面に浮かび、その白い帽子が頭の横で水に揺れた。プール際に陣取っていた人達も、植物学者を助けるために、プールに飛び込んだ。僕達も植物学者に向かって泳いだ。さらに、興奮した招待客は、誰も彼も、奇声を上げながら、目的もなく、プールに飛び込んだ。あちこちから浮輪がむやみやたらに投げ込まれた。

銀色の水着の女性と数人が必死に植物学者の身体を起こそうとした。ところが、植物学者はうつぶせの姿勢を自分でくるりと回し、プールに足を着けて立つと割れるような笑い声を上げげた。会場全体で安堵と非難の声が一遍にあがった。植物学者の周りに集まった人達は、大声をあげ、うっぷん晴らしに手で水面をすくって水しぶきを植物学者に浴びせた。するとプールにいる全員がお互いに水かけを始め大騒ぎになった。笑い声と叫び声が会場を包み込んだ。しばらくして、騒ぎが収まると、皆と一緒に僕もプールから上がった。

ドリスと写真家もテーブルから立ち上がって騒ぎを笑いながら見ていた。しかし、僕達がテーブルに戻ると、写真家はまた夢中になってドリスだけに話しかけた。

「さっきの話だけど、本当、君にはモデルの才能があるよ」

ドリスが声を立てて笑った。写真家が散々ドリスを持ちあげている。

「モデルの才能とは言わないでしょう？　モデルの体形だとか」

「そうじゃないよ。モデルには君のように溢れる知性が必要なんだ」

歯が浮くような会話を聞きながら、僕は身体を拭き、シャツを着た。そこにさっき、水球で遊んだ連中がやって来た。僕はローズとチャールズと一緒に、彼らに交じって、立ち話を始めた。バイオリンを弾く男。陸上選手の女。そのコーチ。ゴシップ記事を書く男。おもしろい連中だった。話をしながら、こちらに加わるように何度かドリスを目で誘ったが、ドリスは写真家のそばを離れようとしなかった。

バンドが繰り出す南風は夜通しで会場に吹き続けた。招待客の多くはもっぱら踊ったり、酒を飲みながらプールの周りでがやがやと話を続けた。プール際に座り、抱擁やキスをしている者もいる。

やがて、飲み疲れ、話に疲れ、泳ぎに疲れ、踊り疲れた客は一人、二人と会場を去り始めた。いつの間にか、会場に射していたスポットライトの灯も消され、熱帯植物は天井の電燈から射す薄っぺらな光の中に取り残された。誰もいなくなった白いテーブルは列を乱し、椅子もばらばらの方向を見ている。シャンペンやワインのコルクがあちこちに転がり、置き去られたタオルが隅で山になっている。空気が抜けて、ぺちゃんこになった浮輪はプール際に投げ捨てられている。

会場は寒々としてきた。あんなに大勢の人が発散させていた生き生きとしたエネルギーは時間と共に消え去り跡形もない。外からは、通りを走る車のエンジンの音も聞こえ始めた。外に警察が現れたという話も聞こえてきた。水球仲間も帰路についた。僕があくびをすると、ローズとチャールズも長い大きなあくびをした。僕達も帰る準備を始めた。

ところがドリスがいない。ほんのさっきまで、プールの縁に立ち、写真家と話をしていたのに。更衣室に行き、ローズが中を覗いたがそこにもいない。一人で帰る筈もない。そこに、写真家が男子用の更衣室から出て来た。

「ドリスさんはどうしました？」

「ドリス？　ああ、何処かへ行ったよ」

写真家は出口を指した。

「一人で？」

「いや、誰かと」

「誰と？」

ローズが写真家に食ってかかった。

「背の高い男。それと、二、三人、伊太利亜人かな」

写真家は涼しい顔で僕達を見る。

「ロバートじゃない！　それでドリスは？」

ローズは声を荒げた。写真家はたじろいだ。

「そのロバートが。手を引っ張って」

僕達は建物の外に飛び出した。

外の空気はとても冷たかった。どんよりと鉛の蓋を被せたような空の下、建物の前で、人だかりができている。中に入ると、外套を羽織ったドリスを見つけた。髪の毛が乱れている。そのドリスの肩を支えているのはメリーだった。その脇でロバートが尻もちをついていた。伊太利亜人の姿はない。そして、背を向けて人だかりから去って行くのは間違いなく鈴木さんだった。

11

事の発端はこうだった。独逸への渡航が決まった鈴木さんが、今朝早く、僕に金を返すために下宿先にやって来た。友人に貸していたという金が返ってきたからだ。応対したメリーが、僕はあいにく留守だと伝えた。出航が夕方で、時間に追われていたため、鈴木さんは金をメリーに預け、僕が帰宅したら渡すよう頼んだ。事情を知り、メリーは僕が居る場所を知っているので、案内すると申し出た。ミセス・フォードが教会の礼拝があると反対したが、メリーは鈴木さんをキング・ヘンリー通りまで案内してくれた。

パーティー会場の温水プール施設に到着し、二人は外でしばらく様子を見ていた。すると、出口から争うような声が聞こえてきた。そして、数名の男と一緒に女が引きずられるように現れた。それがドリスだった。ドリスは、その腕を掴む背の高い男、つまり、ロバートから逃れようと懸命に抵抗をしている。メリーも鈴木さんも共にドリスと面識があったから、ドリスに駆け寄った。ドリスは助けを求めた。ロバートはドリスを無理やりビクトリア駅まで連れて行き、そのままローマに向かうという誘拐まがいのことをしようとしていた。鈴木さんは、即座にロバートの腕を掴むと、背負い投げで、ロバートを道路に叩きつけてしまった。もんどりうったロバートを見て、伊太利亜人は慌てて逃げ去った。鈴木さんも騒ぎになるのを恐れ、直ぐにその場を立ち去った。その時、僕とローズとチャールズが人の集まりの中に入った。僕達の後から付いて来た写真家も、道路に倒れるロバートを見て目を白黒させた。

ロバートはしこたま打ちつけた腰をさすりながら立ち上がった。その頬に、ドリスが思いっきり平手打ちを食らわせた。

「もう二度と私の前に現れないで！」

ドリスは肩で息をした。ロバートは何も言わず、僕達と目を合わせることもなく立ち去った。

メリーと僕が下宿先に帰ったのは昼近くだった。フォード一家はすでに教会から帰っていた。メリーの転職の件でもまだ納得していないミセス・フォードは、玄関先でメリーと僕を捕まえ、大変な権幕だった。

「牧師さんが失望してたわよ。メリーはどうしたって。返事もできなかったわ。下宿人にそそのかされて欠席したなんて」

「そそのかす？」

「教会に行かなかったのは私の責任よ」

「すみません。そそのかすとはどういう意味ですか？」

「私の意見を言っただけです」

「意見じゃなくて偏見だわ」

「僕が一体何をそそのかしたって言うんですか?」

「言わなくても分かっているでしょう」

「分かりません」

「それなら自分で考えて下さい」

ミセス・フォードは口をつぐんだ。

「人を侮辱しておいて、だんまりですか」

「あなたと議論するつもりはありませんから」

「それじゃあ、何を言っても無駄ですね」

騒ぎを聞き付けビルが居間から出てきた。僕達に落ち着くように諭すが、ミセス・フォードは耳を貸さない。

「セイジさん、うちの規則を守ってもらえないようですから、下宿は出てもらいます」

「分かりました」

「一週間以内に他所に移ってください」

「そうします」

「おい、おい。なにもそんなに急に」

「セイジさんは関係がないじゃない！」

「結局はね、ドリスさんみたいな人達と一緒になって規律のない生活をすれば、周りの人間まで堕落するってことなんですよ」

「堕落？　言い過ぎじゃないですか」

「それが事実ですから」

「お母さん、失礼よ。謝って。ドリスさんがどういう人なのかも知らないくせに」

「金が少しある身勝手な人でしょう？」

「全然違うわ。お母さんには分からない新しい考えを持った女性よ」

「新しい考えってどういう意味？」

「お母さんと違って、習慣だからって何もかも鵜呑みにはしないってこと」

ミセス・フォードは口をつぐんだ。その隙に、ビルはこの場の収拾をはかった。

「教会に行かないのはまずかったが、事情はあるんだろう。セイジさんにはセイジさんの考え方もあるだろうし」

「ドリスさんと会わせてちょうだい」

突然の言葉に、皆が一斉にミセス・フォードを見た。

「どうして？」

メリーが聞いた。

「新しい考えを持った女性の話を聞いてみたいのよ」

「でも、ドリスさんはセイジさんの友達よ。私には頼めないわ」

メリーは僕を見た。しかし、今、ミセス・フォードに便宜をはかるような気にはとてもなれない。しかも、ドリスはミセス・フォードが苦手だと以前言っていた。

「迷惑よね……」

「失礼はしないつもりよ」

ミセス・フォードが決然と言った。母親の意を酌んだのか、メリーは躊躇いがちにもう一度僕を見た。

「ドリスさんに話してもらえませんか？」

ミセス・フォードがドリスに会ってどうしようというのかは知らないが、メリーの気持ちもある。ドリスに聞くだけ聞いて、嫌なら、ドリスが断れば良いだけだ。

「会うのはいつがいいんですか？」

「早いほうがいいわ」

「分かりました」

ドリスには午後に連絡を取ることにして、僕は部屋に戻った。

寝不足で目まいを感じていた。僕はそのままベッドに入った。目を閉じると、色々な顔が頭の中をよぎる。フォード家の人達。ドリスとロバート。ローズとチャールズ。鈴木さんはどうしているのだろう。特高の監視をくぐり、今頃は、中国人の船員に身をくらまして、独逸に向かう商船に乗り込んでいるのか。新しい下宿先を探さないと……。

翌日、月曜日の朝、サウスフィールズ駅に向かう道には濃い霧が垂れていた。しかし、テンプル駅を降りた時には、強い東風に飛ばされたのか、霧は晴れていた。往来の激しい道を、僕はミセス・フォードと一緒に、約束のティー・ルームに向かった。ミセス・フォードはむずかしい顔をして、家を出てから、市内の喧騒をこぼしたぐらいで、ほとんど話をしない。月曜日は洗濯をする日なので、随分早くから起きて、仕事を片付けていた。

ドリスには昨夜、電話した。思ったより明るい声で電話に出たドリスは、鈴木さんから柔道を習いたいと笑った。鈴木さんの渡独のことを教えると、礼も言えずに残念だと言った。ミセス・フォードが会って話をしたいと言っていることを伝えると、二つ返事で、明日会おうとドリスは言った。

ティー・ルームは大通りにあった。いつも混み合う人気の店だ。窓硝子越しに中を見ると、珈琲や紅茶を飲む客でいっぱいになっている。店に入ると、テーブルで待っているドリスを直ぐに見つけた。ドリスも僕達に気付き、立ち上がった。僕がドリスに引き合わせると、ミセス・フォードはすでに一度会ったことがあると言って、今日、初めて笑顔を見せた。ミセス・フォードは一体何を話そうというのか。とにかく、僕の任務はここまでだ。

このままここに留まるか、去るのか決めかねていると、ミセス・フォードがはっきりと言った。

「セイジさん、どうもありがとう。後はもう大丈夫ですから」

ドリスも口元を緩めた。

「それじゃ、僕はここで失礼します」

二人を残して行くのは気掛かりだったが、同じ英国人同士だ。問題があれば自分たちで解決するだろう。

ティー・ルームを出て、僕は大学の下宿斡旋所に向かった。下宿を探すのは気が重い仕事だ。各下宿先でいろいろな要望があり、こちらの希望と会う場所を見つけるのは容易でない。外国人を嫌がる所もあり、不愉快な気分も味わう。

下宿斡旋所に入ると、ミセス・フォードの下宿先を見つけてくれた女性事務員が応対してくれた。艶のある長い髪を背中で束ね、教育を受けた折り目正しい言葉を話す。早速、今の下宿先を出る理由を聞かれ、返事に困ったが、部屋が小さくて不便だと答えておいた。希望する地域は、同じ地域が良いと伝えた。女性事務員はてきぱきと資料をめくり、目星がつくと、あちこちに電話をした。その様子を見ながら、電話が出来たお陰で、物事がどれだけ迅速に動くようになったかと改めて感心させられた。ただし、下宿探しの結果は思わしくなかった。今回の株式の停滞で不動産の価格も下落しているらしい。その影響で不動産売買も激減し、下宿を含め、賃貸の市場まで動かなくなってしまったそうだ。結局、塩梅な下宿先は見つからなかった。仕方なく、探す地域を広げて、数日、様子を見ることになった。

斡旋所を出た時は、ドリスとミセス・フォードをティー・ルームに残してから一時間が経っていた。ティー・ルームに戻るか思案したが、僕はそのまま図書館に行って、しばらくの間、経済学原論のレポートをまとめた。教科書の丸映しの部分があったりして、我ながら、良い出来だとはとても言えなかったが、とにかく、五ページきっかりに仕上げ、明日、提出できるようにした。

外に出ると、天気もまずまずなので、僕はテムズ川沿いを歩くことにした。この辺りは川と平行に幹線道路が走っていて、交通も激しい。しかし、背の高いポプラの木が並ぶ歩道が整備され、川を眺められるように、あちこちにベンチも置かれている。川はいつも黒く濁っている。その水をかき回しながら、小型の客船や貨物船が往来している。

しばらく、川沿いに歩道を歩き、エンバンクメントの近くで、川を見渡せるベンチに座った。対岸のサウスバンクには古い倉庫が並んでいる。国会議事堂は川の上流の右手になり、川は右手から左手にゆっくりと流れていた。薄日が差し、僕の右の頬から肩のあたりを温めてくれた。

川の流れと逆に歩いてきた男が、ベンチの前で立ち止まり、こちらを見た。僕はもう少し、久し振りの日差しを楽しみたかった。ベンチは二人掛けなので、横にずれて、男が座れるように場所を開けた。すると男はこちらにやって来た。汚い黒い外套を着ている。僕と同年代に見えるが、頬がこけて、顔の皮膚が茶色く荒れていた。身体から嫌な匂いも漂ってくる。

「ありがとう」

男は僕の横に座った。男の手元を見ると、ほつれた手袋の先から汚い爪が出ている。

犬を散歩に連れた女性が前を通った。

「共産主義国家の動物は幸せなのか？」

男を見るとそれは独り言だった。

「監視社会はいつやってくるんだろう？」

また独り言だ。

「話してもいいですか？」

今度は僕を見ていた。身なりに似合わず、私立学校出のような丁寧な話し方をする。僕は構わないと答えた。すると、自分はジョージだと名乗り、作家だと言った。何を書くのかと聞くと、随筆や小説だと言う。

ジョージは僕達の前を通り過ぎて行く人達を見て言った。

「僕はあの人達が何を考えているか覗いてみたいんだ。君はどうですか？」

「そうですね……」

ドリスの心の中を見てみたいとは思う。しかし、それは失望につながるだけかもしれない。

「あまり興味はないです」

「どうして？」

「人には知らないでいたほうがいい面もあるでしょうから」

「僕もそう思う」

ジョージは、僕がまるで英国人のように普通に話しかけて来る。しかし、話は適当に切り上げたい。相手が外見の良くない見ず知らずの男と言うこともあるし、会話を続ければ僕のつたない英語力が露呈し、恥をかかされることになるかもしれない。

ジョージは手を外套のポケットに入れ、背中を丸めた。

「他人の心を覗くことはむしろ危険かもしれない」

僕は何も答えなかった。

「仮に、今、君が考えていることを知ったとする。その時、僕は、相変わらず、自分に忠実でいられるのか？」

話がややこしくなってきた。急用を思い出したとか言ってベンチを立ちたくなった。しかし、ジョージの高い頬骨の奥にある茶色の目は落ち着いていて、決して、人をからかっているわけでもない。気が明らかに変だとも思えない。

「ゲームに付き合ってくれますか？　ほんの少しだけ」

ジョージが聞いた。

「僕達は何の面識もない。共通の友人などもいない。このベンチを立てば、もう、二度と会うことはないでしょう。だから、お互いを害するような事は起こらない」

何を言いたいのか分からない。適当な相槌を入れると、ジョージは続けた。

「僕が質問をする。あなたは質問に正直に答える。僕はそれに対し同意も反駁もしない。そして、次にあなたも僕に質問する。あなたも同意も反駁をしないから、僕も正直に答える。これを繰り返せば、それでお互いの心を効率的に覗くことが出来る。そこで、僕達は判断できるんです。他人の心を覗くことに意味はあるのか。あなたの心を知ったことで僕はどんな影響を受けるのか」

ゲームと呼べるような面白そうな遊びでは到底ない。しかし、正直に話すというなら、英国人の本心を聞けることになる。面白いかもしれない。ジョージに付き合うことにした。

「あなたの国は？」

「日本です」

ジョージが早速始めた。それから、矢継ぎ早に、僕の仕事や家族の事を聞いた。僕もジョージの出身校を聞くと、私立学校の名門のイートン校だった。質問を繰り返すと、ジョージがどういう人間か簡単に分かった。ジョージは南部の海岸の町の出身で、最近まで、巴里に住み、皿洗いなどをして暮らしていた。現在は倫敦市内の何処そこに住んでいる。最近、雑誌に記事を書き、小金を得た。執筆した作品が発刊に漕ぎつけるかもしれない。姉と妹が一人ずついる。親友が二人いる。恋人はたくさんいるが、自分の外見には自信がない。

「あなたは貧しいですか?」「役人の汚職に目をつぶりますか?」「神を信じますか?」「牛乳は飲みますか?」「こわい病気はなんですか?」「優越感を持っているのか?」「好きなサッカーチームは?」「出生は人間を支配するか?」

ジョージの質問に脈絡はなく、約束通り、僕の答えには何の反応も示さず聞き流す。

「初恋の相手は何をしていますか?」

「結婚しました」

こう答えると胸に鈍い痛みを感じた。

「好きな人がいますか?」

「います」

今度は自分の答えに驚かされた。

こんなことを小一時間続けてしまった。そのうちに腹が減って来た。僕は失礼してベンチを立った。ジョージは、ただ、さようならと機械的に言った。少し歩いてから振り向くと、ジョージはまだベンチに腰掛けていた。妙なゲームのお陰でジョージも僕もお互いの事を随分知ってしまった。ジョージはそれを、今、分析でもしているのだろうか。

僕は川沿いに国会議事堂まで歩き、それから、右に折れて、ビクトリア駅に向かった。駅に近づくと、旅行鞄を出し入れするタクシー、大きなエンジン音を立てて進む乗り合いバス、歩道に溢れる通行人で、辺りは大混雑だ。僕は紅茶とパンを二枚、わずか二ペンスで取れる食堂を見つけ、空腹感を収めた。

下宿先に戻ると、ミセス・フォードは台所で家事をしていた。ティー・ルームに案内したことに礼を言われたが、ドリスの事は何も言わなかった。僕は部屋でメリーから借りた経済雑誌を読んだ。メリーは新しい仕事に備え、こんな雑誌を読み始めていた。しばらくすると、学校から帰宅した双子の声が聞こえ、四時には居間で紅茶を頂いた。六時になると、最初にビルが帰宅し、メリーが続いた。これがミセス・フォードが理想とする、規則正しい日常なのだろう。

七時になり、双子が三階に上がって来て、夕飯の支度ができたと教えてくれた。メリーによると、車洗いの仕事をメリーに止められて以来、双子は学校から帰ると、真面目に宿題や勉強をやっているということだ。メリーがミセス・フォードと掛け合って小遣いも少し上げてもらったらしい。

双子が階段を駆け降りて行く。僕も後に続いた。食堂に行くと、ビルとメリーは席に着いていて、ミセス・フォードがちょうど着席するところだった。双子と僕が着席すると、祈りをささげてから、皆、食事を始めた。月曜日の夕飯は日曜日のローストビーフの残りと野菜とマッシュポテトと決まっている。

普段だと、メリーとビルが仕事や知り合いなどの話をするのだが、今夜は黙々と食事を取っている。カタカタとナイフとフォークが皿に当たる音だけが続いた。しばらくして、ミセス・フォードが言った。

「ティー・ルームを出た後、何処に行ったんですか？」

僕は顔を上げた。ミセス・フォードと目が合った。メリーとビルも僕を見ていた。

「大学の下宿先斡旋所に行ってから、川の縁をしばらく歩きました」

「今日は良い天気でしたからね。下宿先は見つかりましたか？」

「いいえ、まだです」

「見つかりそうですか？」

「簡単ではなさそうです」

「もし、良かったら」

ミセス・フォードが間を置いた。

「もし良かったら、このまま、うちに下宿してもらっていいですよ」

僕は驚いた。

「不景気だから、下宿を探すのも大変だろうってことさ」

ビルが言った。

「でも、また夜遅くなったりするとご迷惑をかけますから」

「そんなに頻繁にされたら困りますけど、ドリスさん達とのお付き合い程度でしたら」

とんでもない心境の変化だ。ドリスはどうやってミセス・フォードを説得したのだろう。

経緯はどうあれ、それなら、下宿探しはしなくて済む。

「そういうことなら是非」

僕は素直に礼を言った。

12

十一月、最初の月曜日の朝、ミセス・フォードと共に、僕は玄関先に立った。メリーは新しい服を纏い、きびきびとした仕草でビルと一緒に通りを駅に向かっている。株価の下落が続き、連鎖倒産まで起き始めるという不穏な世相をよそに、メリーは証券会社の秘書として、今日、新しい人生のスタートを切った。

先月の半ばに、両親に相談もせず、メリーはこの証券会社で、面接をし、採用が決まった。新しい仕事に反対していたミセス・フォードも最終的には折れ、先週、メリーは四年勤めた工場に退社届けを提出していた。

歩道を歩くメリーは振り返って手を振った。

「行動力だけは人一倍ね」

ミセス・フォードは、授業参観でわが子の成長を見て感慨にふける親のようにメリーの後ろ姿を追っていた。そして、半ば呆れるように呟いた。

「工場の仕事なら私にも分かるけど、証券会社って何をするのかしら」

自分が理解出来ない事業を行う会社にメリーが転職することを、ミセス・フォードは良く認めたものだ。余程、勇気が必要だっただろう。二人が角を曲がり見えなくなると、ミセス・フォードは玄関の扉を閉めた。

夕方になり、メリーが帰って来ると、会社での初日の出来事を細かく聞かされた。メリーは営業部長専属の秘書になった。初日から他の部署の人達と連絡を取り、会議の日程なども決めた。様々な文書を読み、手紙のタイプもした。とてもやりがいのある仕事だと興奮気味に言った。ミセス・フォードまで、メリーの熱が移ったように、頬を赤くして、夕食をテーブルに並べていた。

倫敦の冬はすでにすっかりその姿を現していた。日はどんどん短くなり、肌を刺す北風の先端はますます鋭利になった。たまに顔を出す太陽はか細い光をやっと街に当てるだけだ。そんな十一月の半ば、経済学原論の最初のレポートが戻って来た。教授の評価を見ると、散散で、内容云々より、まず、レポートの構成の仕方が分かっていないと書き込まれた。最初にレポートの論点を明らかにする。そして、その考察をする。最後に明快な結論を示し、文を閉じる。これに十分注意を払い、今月のテーマ『金本位制』をまとめろと指導を受けた。

帰る地下鉄の中で僕は新聞を広げた。レポートの評価が想像以上に悪かったのでむしゃくしゃしていた。娯楽欄を見ると映画館の上映作品リストが載っている。そこにチャップリンの『巴里の女性』があった。土曜日に一日だけ上映される予定になっている。

この映画は震災の翌年に浅草の映画館で見た。当時、下町には、まだ、瓦礫があちこちに積まれ、浮浪者が通りに随分いた。映画を見終えると、一緒に行った友人は、何故、チャップリンがいつもの太めのズボンと山高帽の姿で登場しないのかとがっかりしていた。僕も同感だった。しかし僕は別の衝撃を受けていた。焼け出されたような下町の映画館の中に現れた主演女優のエドナ・パービアンスが、僕の目には天から降りてきた女神のように美しく輝いていた。

『巴里の女性』は興行的には失敗で、上映期間も短かった。それでも、僕はこの映画を見るために、というより、エドナ・パービアンスを見るために、繰り返し映画館に通った。そして今、倫敦の地下鉄の椅子に座り、新聞を眺める僕の頭の中で、エドナ・パービアンスの姿がドリスと重なった。

サウスフィールズ駅で地下鉄を降りると、売店ではアランがいつものように新聞を売っていた。挨拶だけして、急き立てられるような気分で売店の前を通り過ぎた。アランに見られているような気がして、振り返ってみたが、アランは客と話をしていた。

駅舎を出て、右手にある公衆電話に入った。受話器を持ち、二、三度、深呼吸をした。交換手とのやり取りの後に、ドリスが電話に出た。電話から聞こえるドリスの声はベルベットのようななめらかな艶がある。

「今、下宿に帰るところなんですが」

僕は切り出した。

「チャップリンの映画は好きですか？」

「まあまあかな」

「『巴里の女性』が週末に上映されるんです」

「ああ、古い映画ね。見たことがあるわ」

気のない返事だ。

「僕もです。でも、好きな映画で」

「私も嫌いじゃないわ」

僕は、もう一度、深呼吸をした。

「一緒に見に行きませんか？」

「いいわよ」

ドリスがいとも簡単に答えた。

「いつ？」

「土曜日です」

ああ、とドリスが考え込んだ。

「ローズとチャールズはたぶん倫敦にいないわ」

「何処か、行くんですか？」

「ええ、ブライトンに。パーティーがあるの」

「ドリスさんは？」

「行かないことにしたわ。少し、遠いし」

「そうですね」

「映画はいいけど」

ドリスは躊躇っていた。

「私だけじゃあね」

「いえ、ドリスさんさえよろしければ」

「本当に？」

ドリスの声が弾んだ。

「じゃあ、土曜日は映画ね」

僕はスキップでもするような気分で駅から下宿先に帰った。


土曜日の朝は大雨になった。風も強く、午後には雨が止んでくれることを願った。しばらく、経済学原論のレポートの準備をした。同じ轍は踏みたくないから、教科書を丁寧に読んだ。しかし、レポートを書くためとは言え、僕は教科書を英語で読み、原語で知識を直接得ている。英語という言語を学んでいて本当に良かったと感じる。言語の重要性をいつも説いてくれた父親に感謝もした。そして、自分をそう感じることができるようにしてくれる、今、自分がいる世界全体が僕の喜びなのだという妙な高揚感まで味わった。

午後になると、雨は小降りになり、出かける準備を始めた。映画は三時から。その後は、何処かで夕食をとろう。そんなことを思っているところにドリスから電話があった。ドリスは気まずそうな声で、用事ができてしまったと言う。

「ほら、トロピカル・パーティーで会った写真家。私をモデルに写真を撮りたいって。雑誌に掲載するから、今日じゃないと駄目だって言うの」

「ドリスさんはその写真撮影をやりたいんですね」

「もちろん」

ドリスの言葉を聞いているそばから、僕の頭の中のエドナ・パービアンスの姿が朝ものように消えて行った。

「それじゃあ、仕方ないですね」

「ごめんなさい」

「いいです。また別の機会に」

「それで、夜の上映もあるでしょう。六時の。それでいい？」

エドナ・パービアンスの姿がまた現れた。

「全然、問題ないです」

「良かった。撮影は四時頃に終わるわ。その時間に写真館に来てくれる？」

「はい。写真館は何処ですか？」

「シェパーズ・ブッシュよ」

シェパーズ・ブッシュは倫敦市中心から西に十キロの所にある。下宿から地下鉄を乗り継いで、午後四時少し前に、シェパーズ・ブッシュ駅に着いた。駅を出ると、雨は止んでいた。しかし、いつまた降り出してもおかしくない様な空だ。

十分程歩いてドリスから聞いた写真館に来た。『ハリー・カーター写真館』という看板がかかっている。硝子張りのショーケースには人物を撮った写真が展示されている。すべて女性がモデルだ。皆、魅惑的な笑みを浮かべ、女性なら一度はこんな写真に収まってみたいという願望をかき立てるような写真だ。

僕は一枚の女性の写真を見つめた。女性の髪の毛は夏の陽を受けたように輝き、唇は思慮深そうに固く閉じられている。しかし、女性の目線はあえて写真機のレンズから外されていて、他所を見ている。そこに何か不誠実なものを感じた。不誠実さ。それがこのハリー・カーターという写真家の作品の特徴だ。

僕は店に入った。店には誰もいなかった。机が一つと客用に二脚の椅子が置いてある。机の後ろの古い大きな棚には本や雑誌が乱雑に置かれていた。その横に開けたままの扉があり、奥から男の声が聞こえてくる。机の上の呼び鈴を押すと、その扉から若い女が現れた。僕を見ると愛想よく笑った。写真家の助手で、僕を店の奥のスタジオまで案内した。

スタジオでは、ドリスがトロピカル・パーティーに着ていた赤い水着をつけて、写真家が覗きこむ写真機の前に立っていた。両肩も両足も露わになっている。ドリスは僕に気付き、何か言おうとしたが、写真家は撮影を続けた。写真家の指示通り、ドリスは、躊躇う様子もなく、写真機に安っぽい視線を送り、椅子に座ると、背を反らせさせたり、足を投げ出したりする。僕は言いようのない不快感を覚えた。ようやく、撮影が終わり、ドリスはガウンを肩にかけた。写真家は長い黄色い髪をポニーテールにして、僕を見て、芸術家ぶった薄笑いを浮かべた。そしてまた写真機をいじり始めた。

「そんな格好で寒くないですか」

僕はドリスに聞いた。

「全然。照明が当たって、暑いくらいよ」

ドリスは平然としている。それがまた僕を苛立たせた。写真家が何か言ったが僕は無視した。

「この写真は撮ってどうするんですか？」

「ハリーは天才よ。ショーケースを見たでしょう」

ハリーが声を上げて笑った。

「セイジさんの質問にお答えすると、ドリスの写真は仏蘭西のファッション雑誌に載ることになりますね」

「神聖だわ。そうでしょう?」

神聖とはとても思えない。時計を見ると四時を過ぎている。

「そろそろ、行きましょうか」

写真家が慌ててドリスを引き止めた。

「まだですよ。もう一つ。さあ、着替えましょう」

「セイジさん。もう少し、待ってて」

「映画に遅れますよ」

「まだ大丈夫よ」

ドリスは強情に言い張った。助手がドリスの手を取り、ついたての後ろに連れて行った。写真家はスタジオにベンチを持ち出して、写真機を覗きこみながら位置を決めた。そしてドリスがついたてから現れた。驚いたことに、巴里から届いたという寝巻を着ている。薄手の素材だから、ドリスが下に着ている肌着が透けて見える。そんな姿をドリスは楽しむように嬉嬉としている。写真家も素晴らしいとはやし立てた。僕は首を横に振ったがドリスは意に介さない。写真家はドリスをベンチに座らせ、撮影を開始した。ドリスの姿勢を変えさせながら、フラッシュが光った。

「襟を下げて。もう少し前を開いて」

写真家が言う。

「肩まで下げて。そう。肩を出して。もう少し。そう。もう少し」

「止めましょう」

僕は我慢が出来なくなり、スタジオの中に入り込んだ。

「出ましょう」

ドリスの手を引いた。

「どうしたの」

「こんな破廉恥なことは止めましょう」

「何が破廉恥だ」

「ペテン師は黙ってろ」

「ペテン師？」

ドリスも驚いた。

「どうしたの？　芸術よ」

「邪魔をするなら出て行け」

「自分の姿をよく見て下さい」

「嫌なら、外で待ってて」

「こんな姿で雑誌に載ったらどうなるんですか」

「君は頭がおかしいのか？」

「今日は止めて下さい。やるなら、僕がいない時にやって下さい」

「おい、いい加減にしろ」

「お前は黙ってろ」

僕は写真家を睨んだ。

「俺も柔道をやるんだ」

僕が構えの仕草をすると、写真家は驚いて身を引いた。

「分かったわよ。止めるわよ」

ドリスがベンチから立ち上がった。

「もう、気分もぶち壊しだわ。セイジさんが芸術を理解しないのもよく分かったし」

ドリスはついたての後ろに消えた。ハリーは仕事が台無しだとわめき立てた後、何処かに行ってしまった。ドリスが着替え終えると、僕達は口も利かずに写真館を出た。

雨に濡れた歩道に商店の明かりがにじんでいた。僕の心の中では台風のような渦がぐるぐると回っていた。一体、この女性は何を考えているのだろう。恥という言葉を知らないのか。これが文化の違いというものなのか。ほとほと嫌気がさした。羽があれば、今直ぐ、どこかに飛んで行ってしまいたい。

僕達は駅に向かって歩いた。ドリスは何も言わない。僕も何も話したくなかった。駅に着いても、互いに目を避けるようにして、プラットホームで上りの地下鉄が来るのを待った。週末で運行本数が少ないから、随分待ってから、ようやく地下鉄は到着した。空席が目立つ客車で、僕達は並んで腰かけた。地下鉄が動き出すと、がたがたと大きな音が響いた。ドリスが僕達の沈黙を破った。

「本当は柔道できるんですね」

「いえ」

ドリスが僕を見た。

「嘘です」

ドリスがぷっと吹き出した。

「機転です」

「どうして、男は女の邪魔ばかりするの」

ドリスの横顔から笑顔は消えていた。僕は返事が出来なかった。

「冗談よ」

ドリスが笑った。僕も笑った。

地下鉄は上下左右に盛大に揺れた。ドリスの身体が僕に触れた。僕の身体は熱くなった。僕は目を閉じた。肩と肩が触れ合うと、そこからドリスの生命が僕の身体に流れ込んで来た。しびれるような温かい鼓動が指の先や耳たぶで鳴り響いた。僕はその充足感の中に深く深く沈んで行った……。そして、オックスフォード・サーカス駅でドリスに揺り起こされた。

映画館は商店が並ぶリージェント通りにあった。映画館の前には行列が出来ていたが、開場すると、人の列はたちまち映画館の中に吸い込まれて行った。踊りなどの見せ物があった後、『巴里の女性』が上映された。五年ぶりの観賞だった。エドナ・パービアンスの魅力が鮮やかに僕の心に蘇った。

映画は九時に終わり、リージェント通りにある料理屋で遅い夕食をとった。仏蘭西料理店ということであったが、英国料理と大差がなかった。ただし、ワインが美味しかった。食事をとりながら、二人で一瓶を空けてしまった。ドリスは顔色一つ変えず、あまりにも英国人女性らしい英知に輝いていた。僕は極端に陽気になり、つまり、泥酔し、食事に一ポンドも出費してしまったことなど少しも気にならなかった。

料理屋を出て、リージェント通りの店のショーケースを見ながら、ピカデリー・サーカスに向かって歩いた。小物を売っている店の前を通った。洋服店のショーケースも見た。そこらへんから記憶が怪しくなり、ピカデリー・サーカス駅でドリスと別れた筈だが、その後は、もう、何も覚えていない。運良く、自分が歩いていることに気付いた時はサウスフィールズ駅にいた。

どうにか下宿先の前まで辿り着き、玄関の鍵を開けられずにもたついていると、ミセス・フォードが扉を開いた。

「すいません。こんなに遅く。いろいろあって」

ミセス・フォードは僕の肩を支え、静かにと言いながら、いやにやさしく外套を脱ぐのを手伝ってくれた。

「申し訳ないです。ご親切に」

僕はミセス・フォードを見た。しかし、それはミセス・フォードではなかった。

「ああ、メリーさん。ごめん。お土産もなくて」

メリーは僕の外套を壁に掛けた。

「いいのよ。水を持ってきてあげるわ。そしたら直ぐに部屋に行って」

そう言うと、メリーは台所からコップを持って戻って来た。僕はその水をがぶがぶと飲んだ。とても冷たい水だった。その時、急に、何か、思い出した。そして、忘れた。そして、思い出した。

「そうだ。日本人形だ。日本人形が欲しいって」

メリーはただ頷いていた。

「日本人形を買ってあげないと」

メリーは僕の手からコップを取り、僕を階段に押した。何とか自力で三階まで上り、自分の部屋に入ると、ベッドに倒れ込んだ。

13

翌日、ドリスに前夜の酩酊を電話で詫びた。しかし、ドリスはそんなに酔っていたのかと驚いたほどで、気にも留めていなかった。日本人形のことは聞かなかった。僕が帰国したら寂しくなるから。ドリスは、昨夜こう言った。だから日本人形が欲しいと。ただ、ドリスが何処でそれを口にしたのか覚えていない。たぶん、僕達がリージェント通りを歩いていた時の筈だ。通りの店に日本人形が飾ってあったのだろう。その店を見つけ、人形を手に入れれば良い。

講義を終えた火曜日の午後、リージェント通りに行った。何度か通りを往復したが、日本人形を置いている店はなかった。そもそも倫敦市内で日本人形を売っている店など見たことがない。大通りから裏道に入ると、装飾品を売る店があった。その主人に聞くと、ソーホーに何軒か骨董品店があるからそこで探してみろと言われた。僕はソーホーまで歩き、骨董品店を見て回った。数軒見た後で、一見、がらくたが山積みしてある店で、運良く日本人形を見つけた。黒髪を垂らした少女の人形で、緑色の絹の振袖に赤い帯を巻いている。僕は躊躇なくその人形を購入した。適当な箱に入れて貰い、いつ、ドリスに贈ればいいか考えながら、下宿先に持ち帰った。

金曜日、ドリス達三人と一緒に大学の近くにあるＡＢＣという料理店で昼食をとった。ＡＢＣは市内のあちこちに姉妹店を出していて、二シリング程度で十分な昼食をとれるので、僕にとっては貴重な料理店だ。陰鬱な雲に覆われた日で、皆、口が重い。食事が終わる頃、ドリスが気だるい声を出した。

「若いって嫌ね。何でも出来ると思うと、却って何も出来なくなる」

「何をしたいの？」

ローズが聞いた。

「分からないわ。モデルの道は断たれたし」

ドリスがからかうような笑みを浮かべ僕を見た。

「今は先の事を考える時じゃないわ。一体、お金は何処に消えたって言うの？　風呂の水じゃあるまいし。栓が抜けて何処かに流れてしまったみたい」

ローズも投げやりに言った。明日予定されていたパーティーが中止になったそうだ。パーティーは『赤』をテーマにしたもので、一九二〇年代を締めくくるにふさわしい盛大な催しになる筈だった。ところが、パーティーの資金提供者だった資産家が最近の株式市場の混乱で財産を失い、消息を絶ってしまったという。実際に、株価は九月に付けた最高値から、ほんの二か月で、半値近くにまで暴落していた。市内の浮浪者の数も増えている。

夕方になって下宿に帰るとミセス・フォードから電報を渡された。故郷の兄からのもので、信じられない文がローマ字で綴られていた。

『北総銀行倒産す。送金の目途立たず。追って連絡する』

僕はただ唖然とした。

「悪い報せなの？」

ミセス・フォードが心配そうな顔をしている。

「僕の銀行が倒産したようなんです」

僕は大学を出てから五年かけて、留学のための資金を蓄えた。そして、渡英にあたっては、船賃を除き、資金の半分だけを留学直前に英国に送金し、最初の三か月の費用に充てた。残り半分は、兄に十二月を目途に送金してもらう予定だった。これは為替の変動を考慮してのことだった。その資金を残してきた北総銀行が倒産したというのだ。しかも、十二月の送金を当てにしていたから、正金銀行の倫敦支店にあった最初の送金はすでに底を突いて、数週間分程度の金が残っているだけだった。僕は兄の連絡を待つよりないとミセス・フォードに話した。

倒産した銀行から預金が戻ってくるのか、兄の電報だけでははっきりしない。しかし、少なくとも送金が遅れるのだから何か手を打たなければならない。臨時雇いの仕事がないか、大学の事務室に行って相談した。しかし、折からの不況で僕ができそうな仕事は一つもないと言われた。ビルとメリーの話も聞いたが、やはり、経済状況の悪化は深刻で、ビルは保険の解約が相次いでいると言うし、メリーも会社の新規採用は完全に止まり、自分の採用が一か月遅ければ、今の仕事につけなかったろうと言った。

金のことが心配になり、その打開策も見つからないので、行動力がすっかり失せた。倫敦市内を散策するのも億劫になり、ビールを飲むこともやめた。外出するときは、もっぱら、大学の図書館で時間を過ごした。お陰で、レポートには十分時間を充てることは出来た。

次の週、教室に入ると、ドリス達三人組は後方の机に陣取っていた。三人とも先週より、活気を取り戻しているように見えた。ドリスも僕を見て、明るい笑顔を見せた。ところが、その隣に座るなり、大変なことを口にした。

「お父さんの会社が倒産したの」

「え？」

「お父さんの会社が倒産したの」

「からかわないでください」

「本当よ」

ドリスは平然と言う。

「鉄鋼事業がこの景気で良くなかったんで、資金を株式投資に回して。そこに今回の暴落で大きな損害を出して」

ドリスの口調はまるで他人事だ。

「ドリスさんは落ち着いてるけど、一大事じゃあないですか」

「騒いだところで私には何もできないじゃない」

「それにしたって」

「セイジさんが慌てなくてもいいわ」

ドリスは笑顔さえ見せる。

「ご両親はどうしてるんですか？」

「母から連絡があって、元気だったわ」

「お父さんは？」

「相変わらずみたい。母の話だと、今回のことは人間でいえば風邪を引いた程度だって言ってるみたいだし」

「でも、何か、力になってあげないと」

「明日、実家に帰り、様子を見てくるつもりよ」

「そうですか。直接話をするのが一番ですからね。それにしても心配ですね」

「心配はしないことにしたわ」

ドリスはさばさばとしている。

「問題が起きたら、その都度に考えることにしたから」

「会社の倒産と個人の財産は関係ないから、家族の生活には影響ないと思うわ」

ローズが後押しする。チャールズもローズの言葉に頷いている。

こんな友人達のこだわりのなさに拍子抜けした。そして、僕の肩からも力みが抜けた。

言いにくいと思っていた北総銀行のことも、遠くの国でたまたま起きたことのような気がしてきた。僕は兄からの電報のことを打ち明けた。送金が遅れそうなことを友人達に話した。さすがにドリスが眉をひそめた。

「世界中がおかしくなって来てるのね」

それでもチャールズは楽天的だ。

「預金には政府の補償とか、保険がかかっているから大丈夫でしょう」

「今のところ、その辺の様子はよく分からないんです。今は次の報せを待つしか」

「そうよ、待ちましょう。これから、世界が一体どうなるのか、見届けましょうよ」

ドリスが言った。

講義を終え、ドリスはローズの買い物に付き合うと言って、教室を出た。僕は翌日実家に戻る際、駅まで送ろうかと申し出たが、直ぐに倫敦に帰ってくるので必要ないとドリスは言った。

十二月に入って早々、兄から続報が入った。

『預金引き出し、見通し立たず。当面の金を月内に送金する。帰国考慮されたし』

恐れていたことが現実になった。当面の金とはどのくらいの金額か分からないが、それは兄か父親が工面してくれるのだろう。大変申し訳ないことになった。ミセス・フォードに状況を伝えると、下宿代は送金が届いてからで良いと言ってくれた。僕は夫人の厚意を甘んじて受けた。しかし、この家自体が借家で、フォード一家は安くない家賃を毎月払っている。彼らにまで迷惑はかけられない。

とにかく、こうなった以上、近いうちに帰国することを覚悟しなければならない。予定した滞在期間の半分そこそこで英国を離れることになる。余りにも不本意だ。何の達成感もなく、帰国する。挫折、浪費、失敗。後ろ向きの言葉ばかりが頭をよぎった。ドリスと話をしたかった。しかし、ドリスはまだ実家から戻っていなかった。

僕は憂鬱な気分を抱えたまま大学に行った。経済学原論の教授は現在の政府のかじ取りに批判的で、公的資金を潤沢にして、大きな政府を作れと語っていた。どんな方法でも、これ以上の経済の悪化は抑えて欲しい。講義が終了すると先月のレポートの寸評が返って来た。今回は構成についての批評はなかった。誤字が散見するが内容は悪くないと書いてある。十二月のレポートのテーマは『財政投資』になった。

同じ週、英米関係の講義でローズとチャールズと会ったが、ドリスはいなかった。ドリスはまだ実家にいた。数日で帰ってくるものと思っていたから意外だった。

そして、その次の週も、ドリスの姿はなかった。父親の会社の整理が長引いていて、将来の展望が立たない。どうやら、年内は帰って来ないようだとローズが言った。それを聞いて僕はがっかりした。ドリスから何の便りもないことにも失望した。

僕はローズからドリスの実家の住所を教えてもらい、クリスマス・カードを送った。帰国のことには触れず、倫敦に帰って来たら、また映画を見に行こうと書いた。すると、ちょうどその同じ日に、ドリスからクリスマス・カードが届いた。ラドローの古い建物が描かれたカードで、開くと、メリークリスマスという文字とドリスのサインが書き込まれていた。そして、その下に、偶然にも、僕と同じように、また映画を一緒に見に行きたいと書き添えられていた。

十二月の街は毎日のように雨に濡れた。気まぐれな空は急に薄日を窓に送り込んだりもする。長い夜は、朝も八時頃になってようやく明け、午後の三時頃にはまた暗闇が迫って来る。風はひどく冷たく、朝は霜が降る。それでも、クリスマスが迫って来ると、道を行く人の表情は柔らかくなった。あちこちでメリークリスマスという声が聞こえるようになり、街は日本の師走に似た活気に満ちて来た。

僕は、残り僅かになった金を数えながら、何かをしなければいけないと言う焦燥感と、何をやっても意味がないと言う虚無感に挟まれ、寒さも手伝い、もっぱら、下宿の部屋で時を過ごした。そして、ようやく、兄からの送金が届いた。それは一か月程度の出費を賄うだけのものだった。

　僕は帰国を決心した。市内にある船会社の営業所を訪ね、一か月後に出航する船を予約した。すでに予定通りの期間を滞在できないという悔しさは、これが現実だと、観念できるようになっていた。しかし、ドリスに対する気持ちはなかなか整理出来なかった。僕はドリスに手紙を出した。帰国する日を伝え、その前に、何とか、もう一度会う機会を作れないか尋ねた。

　クリスマスを目前にした月曜日、図書館で借りた『グレート・ギャッツビー』を部屋で読んでいると、一階からビルの声が聞こえた。ビルが昼前に帰宅するのは珍しい。クリスマスの祝いで早めに会社が引けたのかもしれない。読書に疲れてきたところだったので、僕は本を閉じ、下に降りて行った。

　居間には暖炉の脇にクリスマスツリーが飾られ、その下には包装紙に包まれた贈り物が置かれている。ミセス・フォードとビルはソファーに座っていたが、僕が入ると、話を止めた。ミセス・フォードは席を立ち、台所に行った。

「もう、クリスマス休暇ですか?」

　声をかけると、ビルは白い顔を上げた。

「長いクリスマス休暇だよ。解雇されてね」

ビルは自嘲的に言った。

「今朝、会社に出たら、いきなり、人事部に呼ばれて、その場で首を切られたよ」

解雇の理由は会社の業績悪化だった。

「そんな簡単に従業員を解雇できるんですか？」

「出来るんだろうね」

「でも、補償はあるんでしょう？」

「一か月分の給料は出たよ。クリスマスが終わったら、直ぐに職安に行かなきゃいけない」

ちょうど窓越しに射し込んだ薄日が、虚ろな表情を浮かべるビルの顔に届いた。ミセス・フォードが盆にティーポットとティーカップを乗せて戻って来た。紅茶を注ぎ、ティーカップを僕達の前に置いた。ティーカップから温かい湯気が上がっている。

「こんな時は熱い紅茶を飲んで一息入れるのよ」

ミセス・フォードはソファーに深ぶかと座ると、紅茶をすすった。そして、満足そうな笑みを浮かべた。ビルもティーカップを手にすると笑顔を取り戻した。僕も紅茶を頂くと、食道を伝わって落ちたその心地好い熱が身体中に広がった。

クリスマス・イブの深夜、フォード一家に付いて、初めて、近所の教会に行った。時代と共に教会へ行く人の数が減っていると聞いていたが、教会は礼拝者で埋まっていた。そのお陰で大きな礼拝堂は思った程寒くはなかった。讃美歌の合唱、牧師の説教、また讃美歌が続き、最後に小さな硝子の器に入ったワインとパン切れが礼拝者に配られた。信者でないと言う引け目を感じながら、僕もこれを口にして、礼拝は終わった。ミセス・フォードとビルが牧師と簡単な会話を済ますと、僕達は家に戻った。

クリスマスの日は昼食に七面鳥の丸焼きがテーブルに置かれた。

「クリスマスは日本ではお祝いしないんでしょう?」

メリーの質問を聞いて双子は驚いていた。

「ええ。でも、正月には家族が集まったり、神社や寺に行ったりします」

食事が始まると、双子は幸せそうに七面鳥の肉を頬張った。メリーもクリスマスの昼食が大好きだと何度も言った。ビルは一人黙っていた。

「クリスマスが終われば仕事なんて直ぐに見つかりますよ」

ミセス・フォードがビルを元気づけた。

「そうだな」

「いつまでも不景気が続く訳はないですし」

腹の中が満たされると、僕も明るい気持ちになった。

「心配しないで。私がいるから大丈夫よ」

メリーが陽気に笑った。

食事の後は皆でクリスマスプレゼントを開いた。僕は靴下を受け取った。ミセス・フォードの手編みだった。僕が贈った箱入りのチョコレートは双子がその場で開け、早速、皆で平らげた。

クリスマスが過ぎると、変に浮足立っていた街は平常心を取り戻し、時間はまた淡々と流れるようになった。その間、僕は毎日、郵便が配達される時間を待った。しかし、ドリスからの返事は来なかった。


年が明け、ビルは早速、職安に足を運んだ。同じ日に、ローズとチャールズが車で下宿先にやって来た。クリスマスから年末にかけて講義がなかったから、二人にはしばらく会っていなかった。車は下宿先の前に停め、僕達は駅の近くにある茶店に行った。二人は大晦日に昨年と同じ主催者のパーティーに行ったそうだ。しかし、ここもまた不況の影響で規模が極端に小さくなっていたとチャールズが言った。

「ドリスから手紙は来た？」

ローズに聞かれ、自分の弱みを突かれたように心が疼いた。

「クリスマス・カードは貰いました。十日ほど前に手紙も出したんですが」

「もう大学には戻らないっていうことは聞いた？」

「いえ、知りません」

「今日、手紙が来て。大学を退学するそうよ」

僕は言葉を失った。同時にドリスの心の痛みを感じたような気がした。

「今年が最後だっていうのに」

チャールズが残念そうに言う。

「もちろん経済的な理由ですよね」

「それもあるんでしょうけど。自分の将来も考えているみたい」

「どんなことですか?」

「そこまでは書いてなかったわ」

「近々倫敦に来るようなことは言っていませんでした?」

「それはないみたい。倫敦のアパートももう引き払ってしまったらしいし」

もう、ドリスには会えないということだ。最後にドリスに会ったのは十一月末だった。まさか、あれが最後になるとは。今思えば、ドリスとの出会いはその程度のものだったのかもしれない。

「銀行のほうはどうなりました?」

チャールズが聞いた。

「進展はありません。預金は凍結のままです。それで、帰国することにしました」

ローズとチャールズは驚いた。

「いつですか?」

「一月十五日です」

「そんなに急に」

「セイジさんまでいなくなるのか」

「そうするしかないんで」

「ドリスとは会えないわね」

「残念ですけど」

僕達は紅茶をすすった。僕はローズとチャールズに、下宿先まで訪ねてきてくれたことに礼を言った。二人はローズの親戚の家に行く途中だった。ローズがチャールズの手に自分の手を重ねた。

「叔母さんがチャールズに会いたいって言うの」

「叔母さんの家に行く運転手が必要なだけですよ」

チャールズが笑った。紅茶を飲み終え、二人はローズの親戚の家に向かった。

翌日、僕は市内に出て、安い宿を見つけてきた。下宿を出て、船が出る日まで、そこに移ることにした。

一月五日の朝、荷物をまとめ、フォード一家が教会から帰るのを待った。ドリスのために買った日本人形はどうしたらよいか分からなかったが、とにかく、手提げ鞄に入れた。

昼前に一家は家に戻って来た。僕は旅行鞄と手提げ鞄を持って玄関ホールに立った。ミセス・フォードは目を赤くした。

「良い航海になるように祈っていますよ。日本に着いたら手紙をくださいね」

「お世話になりました。手紙は直ぐに書きます」

「楽しかったよ。一緒に暮らせて」

ビルと握手をした。

「仕事が見つかったら、家族で、日本に旅行に行くから」

「本当？」

双子があまりうれしそうな声を上げたので、ビルは冗談だとたしなめた。

「メリーはどうしたの？」

ミセス・フォードが聞いた。

「二階だよ」

双子が答えた。

「メリー、セイジさんが出発するわよ」

ミセス・フォードが二階に向かって叫ぶと、メリーは階段をばたばたと駆け降りてきた。

「何してるの。セイジさんに挨拶しなさい」

ミセス・フォードが急かした。メリーの瞳が、着ている緑色のセーターと同じ色に光っていた。シティーに通勤するようになり、メリーは目に見えて垢ぬけし、大人びてきた。今や、一家を支えているのだから当然かもしれない。

「駅まで送るわ。あなた達も一緒に来なさいよ」

メリーの言葉に双子は直ぐに外套を着た。

「それじゃあ、気をつけて」

ビルともう一度握手した。

「皆さんもお元気で」

「元気でね」

ミセス・フォードが頬を僕の頬につけてさようならと言った。

夫妻に送られて、僕はメリーと双子と共に家を出た。倫敦の冬らしい灰色の空が低く広がっていた。冷たい風の中には石炭の煙の臭いが混じっている。

僕は両手に鞄を提げて歩いた。メリーが重いだろうと言って僕の手から手提げ鞄を取り上げた。双子は日本のことを盛んに聞いた。帰ったら、日本の遊具を送ってあげると約束した。メリーは僕達の後ろをゆっくりと歩いていた。

日曜日の駅舎はがらんとしていた。アランもいない。アランには昨日のうちに挨拶をしておいた。

「ドリスさんとは会えるんですか?」

メリーが聞いた。

「いえ。もう、倫敦に帰って来る予定はないようですから」

「残念ね。でも、もし会えたら、私からもよろしく言って下さい」

「もちろん」

「身体に気をつけて」

「メリーさんも仕事、頑張って下さい」

メリーから手提げ鞄を受け取り、僕は改札に入った。階段を降りるときに振り向くと、
メリーと双子が手を振っていた。

14

ホテルはモニュメント駅から倫敦橋を渡ったテムズ川の南岸のサザークにある。周りには古い倉庫が立ち並んでいる。気をつけて歩かないと、狭い道を走る車から泥を跳ねつけられるような場所で、旅行者などが泊まるような環境ではなかった。その分、値段が安い。大学からも近いし、港に行くのに、モニュメントからバスで行くことが出来る。

ホテルは古い四階建ての建物で、僕は二階の部屋に案内された。下宿先の部屋を更に小さくしたような部屋で、ベッドが一台置いてあるだけだ。部屋全体がかび臭い。小さな窓があるので開けようと金具をいじったがどうしても開かない。よく見ると窓枠に釘が打ち込んであった。窓の外は黒く汚れた倉庫の壁があるだけだから開ける必要もなかった。ベッドに腰掛けるとバネが壊れていて、身体が思い切り沈んだ。共用のトイレや風呂場も確認してから、外に出た。久し振りに街中を歩き、近くの公園も歩いた。とうとう、英国の滞在は十日を切ってしまった。

翌日、大学の事務局に行き、帰国することになり、今週の受講が最後になることを伝えた。応対した事務員からは、銀行の倒産は大変な災難だと同情された。その足で、図書館に立ち寄った。甘酸っぱい古書の香りを嗅ぎながら、空いた机を見つけ、椅子に座った。

ドリスが何故返事をよこさないのかは分からないが、ドリスにもう一度手紙を書かなければならない。言いたいことや聞きたいことがある。便箋を取り出し、万年筆を握った。しかし、なかなか筆が進まない。自分は一体どうしたいのか。言葉を考えあぐんだ末、僕は諦め、便箋をしまい、席を立った。

火曜日は最後の経済学原論の講義を聞いた。講義の後、教授に帰国することになったことを伝えた。教授は十二月の課題の寸評は日本に送ってくれるというので、僕は日本の実家の住所を渡した。

ホテルに戻り、日本人形を鞄から取り出した。もう、ドリスに直接手渡すことが出来ない。金曜日の最後の講義でローズとチャールズに預け、後日、ドリスに渡してもらうしかない。

鞄の中のノートを手に取ると、挟んであったトロピカル・パーティーの招待状が落ちた。封筒からカードを取り出してみると、パーティーの夜が湧き上がるようによみがえった。今は溜息しか出ない。時間と記憶。何処から来て何処に消えて行くのか。

鞄の底に一通の手紙を見つけた。

『とうとう帰国になり、もう、一緒にお話しが出来なくなるのが残念です。でも、いつか、どこかで、また会えるような気がします。それまでお元気で』

メリーからのものだった。一ポンド札が同封されていた。下宿先を出た朝、駅に向かう途中で、この鞄に忍ばせてくれたのだろう。僕は情けない思いがした。しかし、同時にメリーに感謝した。僕は暦を見た。

金曜日、講義の後、僕は教壇に行き、初めて英米関係の教授と話し、聴講させてもらった礼を言った。教授は、厳しい顔つきで、これから本当に難しくなるのは米日関係だ、と言った。

廊下に出るとローズとチャールズが待っていた。

「出航は来週の水曜日ですよね」

チャールズの頬はいつものように健康そうに赤く染まっていた。

「港に見送りに行きますよ」

ローズも頷いた。

「でも、残念ね。ドリスも来れれば良かったんだけど」

ドリスからの新しい連絡はないと言う。

「ドリスさんに会いに行こうかと思っているんです」

「ラドローに？」

ローズは驚いた。

「迷惑でしょうか？」

今は間が悪いなどと指摘され、訪問を止められないかと僕は心配していた。

「どうして？　セイジさんが行けば、ドリス、喜ぶわ。田舎の生活にも飽き飽きしている筈よ」

僕は胸を撫で下ろした。二人にドリスの実家への行き方を聞いた。すると、二人ともそこには行ったことがないことが分かった。

「いつもロバートと一緒だったから」

「でも、問題ないと思うよ」

チャールズが言った。

「大きな屋敷だから。屋号は……」

「『シブリン・ウッズ』よ」

「そう。ラドローに行けば、誰でも知ってる筈だ」

「そうですね」

「いつ行くの？」

「もう、日がないので、明日にでも」

「それなら、今、ドリスに手紙を書くわ。持って行って」

ローズは手紙を書き始めた。チャールズは僕のホテルの住所を確認して、水曜日の朝、車で迎えに来てくれると言った。

土曜日の早朝、鞄に日本人形を入れて、嵐のような雨の中、僕はユーストン駅に着いた。古代建築に似た巨大な石造りの門が印象的な駅で、倫敦から地方都市に出る汽車の主要駅の一つだ。

窓口で三等車の切符を購入してリバプール行きの汽車に乗り込だ。客車の通路には客室の扉が並んでいて、僕は乗客が少ない部屋を見つけ、中に入った。客室には四人掛けの座席が向かい合って置かれている。男の乗客が一人、扉のすぐそばに座っているだけだ。僕は窓際の席に座った。間を置かず、初老の夫婦が入ってきて、僕と向き合って座った。

汽車は定刻より少し遅れただけで出発した。汽車の窓に雨が激しく当たった。外には幹線道路が見えた。事務所や商店などが入る大きな建物が並んでいる。汽車は降りしきる雨の中を突き進み、荷物車が出入りする大きな工場や倉庫を通り過ぎた。そのうちに、街並みは住宅街に変わり、それが、やがて牧草地や森に変わった。

汽車が最初の駅に到着すると、通路側に座っていた男が席を立ち、入れ替わりに若い男が同じ場所に座った。汽車はすぐに発車した。外はようやく雨脚が弱まったが、風が強くなり、窓から見える木々はゆさゆさ揺れている。

悪天候にも関わらず、汽車は順調に走った。客室内も落ち着いた時間が過ぎた。老夫婦も若い男もお互いに話しかけようとしない。英国人は知らない人に話しかけない。人に干渉しない精神が根付いている。

倫敦から三時間ほど乗って、クルーという駅でウェールズに向かう汽車に乗り換えた。短い車両編成になった汽車は丘と丘の間を縫うように進んだ。すでに雨は止んでいた。外の空気は倫敦より冷たい。小さな駅に何度も停まった後、ラドロー駅には昼の少し前に到着した。

ついにドリスと再会できる。歓迎されないのではという不安も感じながら、駅前の通りに立った。目の前には人家の屋根が点在する丘が広がっていた。丘の上には教会の四角い塔が見える。風に吹き飛ばされて、千切られたような黒い雲が空を流れている。

通りは静かで、歩いている人もいない。駅舎の脇に客待ちの馬車が一台だけ停まっていた。頭からかぶった毛布の間から、御者がこちらを見ていた。近づくと、御者は髭だらけの顔を出した。意外に若い男だった。ドリスの実家、『シブリン・ウッズ』は何処にあるのか尋ねた。

「シブリン・ウッズ？」

僕の顔をじろじろ見つめながら、やっと、それが屋号で、その家を僕が探していることを理解してくれた。

「申し訳ないが、旦那」

御者が言った。

「そんな屋号は聞いたことがないな。ロンなら知ってるはずだ」

「ロンさんは地元の人ですか」

御者は僕の顔をまじまじと見つめる。

「そう言う意味じゃなく、ロンなら『シブリン・ウッズ』を知っているってことだ」

「そうですか。で、ロンさんはどこに？」

「そのロンさんていうのは止めてくれないか。ロンはロンだ」

「分かりました。ロンと話したいんですか」

「悪いが、ロンは今日は休みだ。月曜になったら来るさ」

埒が明かないと悟り、月曜までは待てないと伝え、駅に戻った。

僕は駅長室を訪ねた。駅長は白い口髭を生やし、穏やかそうな目をしている。聞くと、『シブリン・ウッズ』はここから二十キロも離れていることが分かった。最寄り駅はラドローではなく、一つ手前のクレイブン・アームズ駅だった。『シブリン・ウッズ』はそこから歩いて一時間弱の所にあるという。まさか、ドリスの実家がラドローではない、別の駅にあるなどとは想像もしていなかった。

クレイブン・アームズ駅に行く汽車が来るのは一時間後だった。その汽車を待っている間に、駅長はクレイブン・アームズ駅から『シブリン・ウッズ』に行く地図を書いてくれた。駅長に感謝し、ようやくやって来た汽車に乗り、クレイブン・アームズ駅に着いた時にはもう二時を過ぎていた。

鞄を片手に僕は駅を出発した。ラドロー駅の駅長が書いてくれた地図は意外に正確で、地図に従って牧草地に挟まれたぬかるんだ農道を辿った。牧草地には羊がいた。羊達は僕の足音を警戒して、遠巻きにこちらを見つめている。使い古した雑巾でも貼りつけたような汚い身なりで、こんな連中から本当に毛糸が作れるのか疑いたくなる。この羊以外に何もいない牧草地には寒々とした風が丘から吹き降りてくる。農民の馬車が走って来てすれ違った。農民が珍しそうに僕を見ていた。

三十分程歩くと、丘の中腹に立つ教会の塔が見えた。その教会は『シブリン・ウッズ』の敷地内にあるのだと駅長は言っていた。僕は農道を先に進んだ。道がうねり、教会は見え隠れしながら、段々と近づいてきた。

そして、ついに、小道の前に立っている『シブリン・ウッズ』と書かれた立て札を見つけた。木の門柱が小道の両脇に立っていて、そこから先は屋敷に繋がる私道だ。小道の両側はやはり牧草地で、道沿いに背の高い松や葉をすっかり落とした大きな樫の木が何本も立っている。小道はゆっくりと丘を登り、僕は道脇に立っている農家の前を通った。『シブリン・ウッズ』の小作農家の家なのだろうが、屋根や壁は所々朽ちていて、今は誰も住んでいない。

近づく日の入りに合わせるように空が黒ずんで来たが、もう、ドリスの家はすぐそこだ。僕は駆けだしたいような衝動を抑えながら、小道を進んだ。そして、目標になっていた教会の脇に佇む『シブリン・ウッズ』が僕の目の前に現れた。

白い窓枠に飾られた煉瓦造りの二階建ての建物は、遠くの村や森を優雅に見下ろしている。予定より大分遅れたが、ついに、ここまでたどり着いた。僕は玄関から現れるドリスの姿を思い描いた。

ところが屋敷の様子がおかしい。人の気配がない。窓に明かりも見えない。中庭の芝生は枯れ葉におおわれている。屋敷の正面にある門は閉まっていて、鉄の鎖が巻かれていた。

「すいません！」

僕は大きな声を上げた。しかし、返事はない。辺りを見回した。伸び放題になっている垣根の先に立っている教会に行ってみた。扉には鍵がかかっていた。もしかしたら、ここはドリスの実家とは関係のない場所かもしれない。だが、小道の入り口で屋号が書かれた立て札まで見てきたのだから、間違いはないはずだ。ドリスと家族は何処に消えてしまったのか。置き忘れられたように屋敷は静かに立っていた。鳥の囁くようなさえずり声だけが聞こえてくる。

僕は仕方なく駅に向かって引き返した。途中、農道で農家の婦人に会い、『シブリン・ウッズ』について質問したが、婦人は僕を避けるように何も言わずに歩き去ってしまった。クレイブン・アームズ駅に戻ったときには、あたりはすっかり暗くなっていた。僕は汽車の時刻表を確認した。まだ、六時の汽車に乗れば、今夜中に倫敦に帰ることが出来る。

ただ、その汽車に乗れば、その瞬間から、僕の日本への帰国の旅が始まってしまうような気がした。椅子に置いた日本人形が入った鞄が、駅に届けられた落とし物のように見える。

ちょうど駅長が出てきた。ラドロー駅の駅長との一件から、駅長には信頼を寄せていた。ここの駅長は黒枠の丸い眼鏡をかけ、ラドロー駅の駅長のように口髭を蓄えている。

「『シブリン・ウッズ』という家なんですが」

駅長は眼鏡を鼻の上にずらし、目を細め、僕を見た。

「ああ、そこなら、近くだ」

「ええ、訪ねたんですけど、誰もいなくて」

「使用人はいるはずだけど」

「いえ、誰もいませんでした。引っ越されたんでしょうか?」

「分からないなあ」

この駅長からは何の情報も得ることが出来なかった。いよいよ、もう、後戻りのできない長い帰国の旅が始まるのか。僕は鞄をもう一度見た。諦めきれない。このままでは倫敦には帰れない。

「すいません。この村に宿はありますか?」

「ストークセイという宿がありますよ」

駅長が答えた。

「歩いて十分ぐらいかな」

宿を目指して、僕は駅を出た。

駅舎の前には一本だけ街燈が立っていた。数軒の民家が見えた。その先に街燈はなく、道は暗闇の中に消えていた。月も星もなく、僕はまるで手探りをするように道を歩いた。幸い、少し先に進むと、また民家が現れ、その明かりを頼りにストークセイにたどりついた。

ストークセイはパブも営業する宿で、その建物はビクトリア朝あるいはそれより古い時代に建てられたものだった。建物の先に馬車が入り込む広い門がある。鉄道が開設されるまでは、長距離を走る馬車の拠点になっていたのだろう。

宿の入口が分からないので、通りに面したパブの扉から中に入った。カウンターとテーブルが置かれている普通のパブで、暖炉の前のテーブルに常連風の男が二人座っていた。カウンターに宿の主人らしい男がいる。

「宿はこちらでよかったですか?」

主人は頷いた。

「部屋は空いていますか?」

僕が宿泊客だと知り、主人の愛想が良くなった。

「何泊ですか?」

「一泊だけです」

「一泊、七シリングになります」

「それでお願いします」

寝場所を確保でき、僕は安心した。

宿帳に記帳してから、主人は僕を二階の客室に通してくれた。清潔な部屋で、温かそうな布団が乗ったベッドがある。窓には厚手のカーテンが引かれていた。主人は客商売人らしい張りのある声で、周辺の名所を教えてくれた。僕は『シブリン・ウッズ』のことを聞いた。

「ああ、あそこはね。テイラーさんていう会社の社長さんが住んでいたんだけど。昨今の不況で。売りに出されているらしいですね」

ホテルの主人が『シブリン・ウッズ』についてこんなに知っていることに驚かされた。

「娘さんを訪ねて来たんですが、ご存知ですか？」

「ああ、娘さんね。そうだ、ドリスさん」

ドリスの名前を聞き、息が詰まりそうになった。

「ドリスさんですが、今、何処にいらっしゃるかご存知ですか？　自分は倫敦の大学の学友なんですが、日本に帰国することになり、挨拶がしたくて」

「さあ、両親と一緒なんだろうけどね。リバプールとかへ行ったのかな」

「リバプールですか？」

「いや、例えばの話で」

それ以上、主人は知らなかった。それでも、ドリスという名前を聞き勇気付けられた。明日、この村の人に、誰でもいいから聞いて歩こう。村の郵便局に行けば何か分かるかもしれない。『シブリン・ウッズ』から手紙がドリスの所に転送されているはずだ。そうだ、明日は日曜日だ。郵便局は開いていない。だが、日曜日なら教会で礼拝がある。牧師が何か知っている可能性は十分にある。地元の礼拝者から何か聞けるかもしれない。朝、教会に行ってみよう。そこで情報が得られなければ、諦めて倫敦に帰ろう。

僕はベッドの上に寝転んだ。腹はすいていたが、明日まで我慢することにしていた。しかし、このまま、寝てしまうには早すぎる。たしか、黒ビールは妊婦が飲むほど栄養価が高いと聞いたことがある。僕は夕食代わりに宿のパブで一杯だけビールを飲むことにした。

パブに行くと、僕がこの宿に着いた時に見かけた男が二人、同じように暖炉の前に座って話をしていた。新しく、年寄りの夫婦が一組、外套を着たまま、テーブルでビールを飲んでいる。僕はカウンターで主人に黒ビールを一杯頼んだ。

なみなみに注がれた黒ビールを持って、僕は暖炉から少し離れたテーブルに着いた。壁にギターが立てかけてあった。客が余興で弾いたりするのだろう。僕は学生の時分、一度、ギターを習おうと思ったが止めてしまった。ギターを眺めていると当時の流行歌を思い出す。そして、また、ドリスの行方を考える。部屋に戻る時に、宿の主人に教会のある場所を聞いておこう。

「ドリスさんを探しているのか？」

突然、背中から、男の声がした。振り向くと、暖炉の前に座っていた二人のうちの片方だ。鼻の頭を赤くして脂ぎったおでこが光っている。

「はい」

「なら、俺達のテーブルに来いよ。一緒に話そうじゃないか」

僕がドリスを探してることは宿の主人から聞いたと赤鼻が言った。僕は半信半疑で赤鼻と一緒に暖炉の方に移動した。赤鼻の相棒は大きな四角い顔の男で、座ったまま、煩わしそうに僕を睨みつけた。赤鼻はそんなことは気にもかけないで、僕に椅子を勧めた。僕は二人の男と向かい合って座った。

「ドリスさんも最近まで近くの屋敷に住んでいたんだけど。ずいぶん羽振りがよくて、この村を高級車が通ると、必ず、あの屋敷に行ってたもんだ。でも、今のご時世じゃあ」

赤鼻が話している間、四角い顔の男はじっと自分のビールグラスを見つめていた。

「俺は大工だけど、こいつは雑貨屋だ。ガキの頃からのダチだよ。おい、教えてやれよ」

赤鼻が雑貨屋に催促した。しかし、雑貨屋は何も言おうとしない。

「こいつはドリスさんの住んでる家を知ってるんだよ。ラドローの街中なんだろう？　教えてやれよ」

僕は心臓が止まるかと思った。

「お願いします」

「昨日も会ったんだろ、ドリスさんに」

「おい、調子に乗って。しゃべりすぎだろう」

雑貨屋が初めて口を開いた。

「申し訳ないけど、こっちは、あんたが誰かも分からない訳だから」

「だから、日本から来たんだろう？　ドリスさんに会いに」

赤鼻が僕を援護してくれる。

「いえ、私は日本人ですけど、倫敦から来たんです。ドリスさんと大学が一緒で」

赤鼻は満足そうに頷いたが、雑貨屋は納得しない。

「でも、ドリスさんが会いたくない人物だったらどうするんだ。ドリスさんに迷惑はかけられない」

「そんなことばっかり言ってるからお前はいつまでたっても雑貨屋なんだよ」

「偉そうに。大体、この人が何でドリスさんに会いたいか知っているのか」

「そんなこと。聞けばいいじゃないか」

赤鼻が僕を見た。

「あんた、どうして、ドリスさんに会いたいんだ？」

「はい、贈り物を持ってきて。日本人形なんです。それを渡したくて」

「そら、見ろ。会わせてやらなきゃ、ドリスさんが後で怒るぞ」

雑貨屋は疑り深い小さな目で僕を見た。僕はテーブルを立った。

「待ってて下さい」

僕は部屋に駆け上がり、日本人形が入った箱を持ってパブに戻った。雑貨屋の前に箱を置くと、雑貨屋は、渋々、明日、ラドローに行くから一緒に来いと言った。


翌朝、部屋のカーテンを開くと、通りに並ぶ民家と霜で真っ白になった野原が見えた。荷物をまとめ、主人に宿代を払った。すると、宿代に朝食が含まれていると言うので、ベーコンや卵がのった食事をとることができた。その朝食を食べ終わる頃に、雑貨屋が約束通りにやって来た。僕は宿の主人に礼を言って、外に出た。

宿の前には荷物を乗せた馬車が停まっていた。雑貨屋の隣に座ると、雑貨屋は手綱を掴み、馬車はゆっくりと動き出した。雑貨屋は昨夜と同じで、黙ったまま口をきかない。ドリスの様子を聞いても、何も話そうとしなかった。肌を刺すような冷たい風が顔に当たった。道の両側は牧草地で、その先に大きな丘が並んでいる。倫敦と違い、空気は澄んでいた。

二時間ほど、馬車に揺られて進むと、丘の上に立つ、いつか図書館の本で見た写真通りの、ラドロー城が見えた。辺りには民家も見えるようになり、丘のふもとに来ると、古い建物が並ぶ急な坂道を馬車は一気に上り、丘の上で、城とは反対方向に曲がった。左手の丘のふもとに、昨日降り立ったラドロー駅が見える。

馬車は横道に入り、三軒繋がったテラスハウスの前に停まった。倫敦の下宿先の周りにあったようなテラスハウスより、一回り小さい。手が届きそうな所に二階の窓がついている。

雑貨屋はわざわざ僕を馬車の上で待たせて、一人で、テラスハウスの一番奥にある家の扉をたたいた。そして、扉が開くと、雑貨屋が話し始めた。

「お嬢さん、お早うございます。実はお嬢さんに会いたいっていう外人がいまして。いえ、ご迷惑なら、直ぐに連れて帰りますから」

扉の影からドリスが現れた。僕は息を呑んだ。そして、馬車から飛び降りた。

「セイジさん」

ドリスが手を振った。ドリスに向かって駆けていくと、雑貨屋が僕の行く手を阻んだ。

「おい、おい、待ってろって言ったろう」

「大丈夫よ、エドワードさん。大学の友達だから」

ドリスの説明を何度か聞いて、ようやく、雑貨屋は納得し、馬車に乗り込むとそこを立ち去った。

「とにかく、中に入って。まさか、セイジさんがこんなところに。いつ来たの？」

「『シブリン・ウッズ』を昨日訪ねたんですが」

「ああ、ごめんなさい。あそこは大分前に立ち退いたんです」

僕はドリスを見た。髪が肩に付くほど伸びている。頬が少し痩せているようにも見えたが、とにかく、元気そうな様子だ。

僕は家の中に案内された。家は外見通り、小人でも住むような小さな造りだ。左手には居間があり、右手は台所でそこに食卓も置いてある。二階に行く狭い階段もある。僕達は居間に座った。

「元気でした？　倫敦のほうはどう？」

「ええ。ドリスさんこそ、元気そうで」

話しているうちに、僕の身体ががたがたと震え始めた。寒いからなのか。緊張のせいか。それとも、逆にその緊張が解けたせいか。ドリスは椅子を暖炉のそばに移した。そして、出してくれた熱い紅茶を飲むと、僕の身体はようやく落ち着いてきた。

僕はローズからの手紙を渡した。ドリスは封を切り、微笑みながら読んでいたが、驚いて、僕を見た。

「セイジさん、帰国するんですか？」

「あの、手紙に書いた通り」

「手紙？」

「はい、先月、ドリスさんに」

「手紙なんて、貰ってないわよ」

「届いていなかったんですか」

「届いてないわ。でも、どうして？　帰国は四月だったでしょう？」

「僕の銀行が倒産したのは知ってますよね」

「ええ」

「預金が凍結されたままで。それで、帰国を早めるしかなくて」

「そうだったの。残念ね」

「仕方ないんで。でも、ドリスさんのほうこそ大変だったんでしょう？」

「こっちも、いろいろありすぎて。でも、とりあえず住む家はあるんで」

父親に呼ばれ、十月に一度帰郷した時にサインをしたのはこの家の契約書で、家はドリスの所有になっているそうだ。そのため、差し押さえを免れたのだとドリスは笑った。

「両親も元気で。今は倫敦にいます」

暖炉の前に座り、身体があたたかくなった。ドリスも暖炉の前に自分の椅子を寄せた。ドリスを前にすると、心が落ち着いた。ラドローまでやってきて本当に良かった。僕は暖炉の炎に揺れるドリスの姿を頭の中に焼き付けようと努力した。

「大学には戻らないんですね？」

「もう、勉強はいいかなって思って」

「何かやりたいことでも？」

「女性運動にかかわってみるつもりなんです」

「バージニア・ウルフですか？」

ドリスは笑った。

「バーミンガムに女性運動団体の支部があるの。そこで手伝いができそうで。お金を貰えるのかは分からないけど」

「あの」

急に顔が熱くなった。

「日本に来ませんか？」

ドリスは笑った。

「そうね。いつか行ってみたいわ」

僕の声が震え始めた。

「そうじゃなくて。水曜日に出る船で一緒に」

「冗談でしょう」

「いえ、本気なんです」

「私が日本に行くの？」

「そうです」

「セイジさん、日本に行って、私に何が出来るの？　言葉も話せないのに」

「言葉は覚えられますよ」

「そういうことじゃなく。バーミンガムの仕事が見つかって。やっと、自分の方向が見えてきたところなのよ」

「それはそうですが」

「今、日本には行かれないわ。ごめんなさい」

当り前の話だ。急に頭の中の熱が引けた。

「すいません、こちらこそ、変なことを言って」

自分がこんなことを言い出すとは思ってもみなかった。それでも、もやもやしていたものが頭から吐き出されたような気がした。

「大丈夫です」

笑って見せると、ドリスも微笑んだ。

「倫敦にはいつ戻るの？」

ドリスが聞いた。

「今日中に帰ります」

「ラドローの街は見た？」

「いいえ」

「それじゃあ、案内させて」

僕達は家を出た。雑貨屋の馬車が通って来た道を城がある方向に戻った。小雪がちらつく道に中世の建物が立ち並んでいる。三百年も四百年も経つうちに、建物の張りが曲がり、建物全体が傾いたり、前に突き出したりしている。それでも、建物は現在でも使用されていて、銀行、衣料品店などの商店や住居になっている。

石畳の道を進むと、教会があり、その先にラドロー城の門が見えた。僕達は城の中に入った。石でできた城の壁や基礎は良く保存されていて、シェイクスピアの戯曲の主人公でも現れそうな威風が十分残っている。僕達は城内をしばらく歩いた後、広場に戻り、そこから横道に入った。他の通りと同じように中世の建物が並んでいる。道は下り坂で、城壁に突き当たり、車が一台やっと通れるほどの狭いアーチ状の門をくぐった。振り向くと、城が丘の上に巧みに配置されていることが分かる。

更に道を下り、石橋を渡り、城を囲むように蛇行する川沿いを歩いた。見晴らしの良い場所で僕達は立ち止まった。透き通った川の水が勢いよく流れ、赤い胸をした小さな鳥が水面をかすめた。僕は冷たい空気を胸一杯に吸い込んだ。そして倫敦の霧のような白い息を吐きだした。ドリスも白い息を吐きながら川を見ていた。

「神聖な景色ですね」

僕がそう言うと、ドリスは笑った。

僕は、ドリスが下宿先に突然現れた九月の夜の話をした。今思えば、あの夜から、英国での生活は常にドリスを中心に動いてきた。滞在期間は四か月に短縮され、勉強は中途半端になってしまったが、ドリスに会えた。ドリスと色々な時間を共にし、こうして、日本人が聞いたこともない街までやって来て、ドリスに再会する。これが僕の英国留学だ。それはそれでいい。大学でローズやチャールズと一緒にドリスの隣に座り、講義を聞いたこと。バージニア・ウルフの講演会を見て、その家にまで行ったこと。

「トロピカル・パーティーは大変だったわ」

ドリスも思い出し笑いをした。

「イヴリンさんから招待状をもらった時は驚いたけど、もちろん、ドリスさんの口添えですよね」

「イヴリンに？　私は何もしてないわ。セイジさんの名前や住所はイヴリンが自分で調べたって。感心よね」

意外だった。すると、イヴリンは大学の事務局から僕の情報を直接手に入れたわけだ。

いずれにしても、このパーティーの後で僕は下宿を追い出されそうになった。その時はドリスにミセス・フォードと会ってもらった。そして、ミセス・フォードは気を変え、僕は下宿先に残れることになった。

「そんなこともあったわね」

「ミセス・フォードとはどんな話をしたんですか？　僕のことを不良みたいに言っていたでしょう？」

「そんなことはないけど。でも、あの時は何を話したかな……世間話だったわ。これといった話はなかったわ」

「僕を下宿から追い出すとか、そういう話はあったでしょう？」

そうかしらとドリスは首をひねった。

「ああ、思い出した。メリーさんの新しい仕事について聞かれて」

「証券会社の？」

「ええ」

メリーが新しい会社に採用されるのが決定した数日後の十月の末に、ドリスがミセス・フォードに会った。その後、メリーは工場に退職届を出していた。

「ミセス・フォードは心配していて。若い女性がその会社に入ることはどう思うって聞かれたわ。でも、いい会社だって答えてしまって。メリーさんは大丈夫かしら」

「元気ですよ。楽しそうに働いています」

「でも、その会社が。ほら、倒産したでしょ」

「倒産？　証券会社が？」

「先週、新聞に出てたわ」

「知りませんでした」

僕は唖然とした。自分の無知を恥じた。メリーは今どうしているのか。フォード家の人達は？　僕はメリーから餞別を受け、そのお陰でここまで来れたことをドリスに打ち明けた。僕達はメリーに感謝しなければいけないとドリスは言った。

川沿いの小道を先に進み、また石橋を渡った。そして、城がそびえる丘を登り、城の脇を歩いて、ドリスの家に戻った。ドリスは昼食にサンドイッチを準備してくれた。

食事を終えて、僕は日本人形が入った箱をドリスに手渡した。ドリスはこの贈り物に驚いた。箱から人形を取り出すと、うれしそうに人形を前から横から眺めた。そのやさしい表情と着物の美しさが神聖だと言った。人形をようやく渡すことができ、肩の荷が下りたような気がした。

「もっと早く渡したかったんだけど。機会がなくて。実は、日本人形が好きだっていうのを聞いた後、すぐに手に入れてたんです」

ドリスが目を人形から僕に移した。

「私、そんなこと、言ったかしら」

僕は一緒に食事をとった夜の話をした。

「チャップリンの映画を見に行きましたよね。僕が、ほら、泥酔して」

「ああ、ハリーの写真撮影があった日ね」

「その時、リージェント通りで、僕達、日本人形の話をしましたよね?」

ドリスは思い出そうとした。

「そうだったかな?」

「日本人形が欲しいって。僕が帰国した後のためにって」

「覚えてないけど」

「日本人形は好きです?」

「ええ。今、初めて見たんだけど」

僕はその時ハッキリと思い出した。

「下宿先か」

僕はつぶやいた。ドリスは僕を見ていた。口元を緩めた。そして、持っていた人形を元通りに箱に収めると、僕の手に返した。

汽車の出発時間に合わせ、僕達は家を出た。僕は日本人形が入った鞄をまた提げていた。

「いつか、会いましょうね」

「もちろん。その時は女性運動のリーダーですね」

僕はドリスが大学の講堂でスピーチをする姿を想像した。

駅のプラットホームに立つと、汽車は時間通りにやって来た。汽車に乗り込み、手を振ると、ドリスは微笑んだ。小雪がまた舞い始めた。

15

あの夜──

どの時点でこんなに酔ったのか覚えていなかった。とにかく、真っ直ぐに歩こうとした。こんなところで寝込んだら、フォード一家に恥をかかせる。それどころか、寒さで死んでしまうかもしれない。駅を出てからどのくらい時間がかかったのか分からないが、なんとか、下宿先にたどりついた。玄関で鍵をガチャガチャ鳴らしていると、ミセス・フォードが扉を開けた。僕はだらだらと遅くなった言い訳をした。

「静かに。早く、入って。皆が起きるから」

ミセス・フォードは僕の肩を支え、やさしく外套を脱ぐのを手伝ってくれた。

「申し訳ないです。ご親切に」

よく見ると、目の前に立っていたのはメリーだった。

「ああ、メリーさん、ごめん。お土産もなくて」

「いいのよ。水を持ってきてあげるわ。そしたら直ぐに部屋に行って」

メリーがコップを持って戻って来た。僕は水を飲み干した。

「お土産には何が欲しい？」

「お土産なんていらないわ」

「何でもいいよ。花でも食べ物でも」

「それなら、日本人形が欲しいわ。セイジさんが日本に帰った後も、セイジさんのことを思い出せるように」

ラドロー駅から倫敦に戻る汽車の中で、泥酔して帰宅した夜を思い返した。

メリーの会社の事も知らないで、そのメリーの餞別で、ここまで来ることができた。汽車の窓を丘と牧場が過ぎ去る。


月曜日の朝、サウスフィールズ駅に戻った。この時間、下りの地下鉄から降りる客はわずかだ。階段を上がり、改札を出ると、売店にはアランがいつものように立っていた。

「もう帰って来たのか?」

アランは茶化したが、親友のように温かい握手をしてくれた。

「帰国する前に、もう一度、フォード家に挨拶と思って」

地声の大きいアランが声を潜めた。

「メリーの会社のことは知ってるだろう?」

「はい。実は、昨日知りました。メリーさんは大丈夫ですか? 家族の皆さんはお元気です?」

「それが、メリーは先週の月曜日に見たきりで。ビルも見かけないし。会ったら、顔ぐらい出せって言ってくれよ」

「分かりました」

僕は鞄を提げてフォード家に向かった。道を行く人が伏し目がちに通り過ぎる。道に並ぶ家の扉は固く閉ざされ、住む人の温かみが伝わって来ない。ホテルに移ってから一週間しか経っていないのに、慣れ親しんだ街が内向きになってしまったような感じがする。

九月に初めて訪れた時と同じように、僕はフォード家の玄関の扉を叩いた。この時間、ミセス・フォードは在宅している筈だ。メリーとビルにも会えるかもしれない。ビルは仕事を見つけただろうか。扉が開き、ミセス・フォードが現れ、笑顔で僕を家の中に招き入れる。いや、もしかしたら、ビルだけでなく、メリーまでこんなことになり、ミセス・フォードは疲れたような顔をしているかもしれない。

ところが扉は開かなかった。家の中からは足音も人の声も聞こえてこない。僕は前庭に入り、居間の様子を見ようとしたが、窓にはカーテンが引かれていた。まさかとは思ったが通りを横切り、反対側から家を見上げると、二階のメリーの部屋のカーテンも引かれたままになっている。家に戻り、念のために、もう一度玄関を叩いたが、何の返事もなかった。

「フォードさんはどうしたんでしょうか？」

隣の家に行くと、何度か道で会ったことがある老婆が出てきた。

「引っ越しましたよ」

「いつ？」

「先週よ。金曜日だったかしら」

「何処に移ったのかご存知ですか」

「知らないわ。挨拶もなかったから」

老婆は扉を閉めた。

僕は一家が通っていた教会に行った。教会の扉を開くと、中は暗く、人影はない。クリスマス・イブの夜のような温もりはなく、空気は却って外より冷たく感じる。

僕は教会を出て、牧師の住居にもなっている建物に行った。執務室で婦人が一人タイプライターを打っていた。尋ねると、牧師は不在で、午後に戻ると言った。フォード一家について聞いてみたが、婦人は何も知らなかった。また午後に来ると伝えて、僕は双子の学校に行った。ここでは午前中の授業が終わるまで待たされ、出てきた担任の先生から、双子は転校し、一家の移転先は聞いていないと言われた。

教会の執務室に戻ると牧師は帰っていた。先刻話した婦人は居なかったが、婦人から聞いて、僕の訪問を待っていたようだった。

「金曜日にミセス・フォードが来られました。娘さんの、その」

「メリーさん」

「そう、そのメリーの仕事先が上手くいかなくなって。ビルも失職中ですからね。ご存知ですよね」

僕は頷いた。

「でもね、人間の世界というのは、ましてや、産業界なら、それは浮き沈みが激しいものですからね」

「フォード一家はどちらに引っ越したのでしょうか？」

僕は話をフォード家に戻した。

「ミセス・フォードのお姉さんの所に行ったって聞いています」

「何処でしょう？」

「倫敦市の南部と言っていたかなあ。詳しい住所までは分かりません」

牧師から聞き出せたのはそれだけで、後は僕の帰国の予定など雑談になってしまった。

僕は牧師から白い便箋を一枚貰って教会を出た。

駅に戻りフォード一家のことをアランに教えた。アランは一家の不運に表情を曇らせた。

しかし、直ぐに気を持ち直した。

「心配ないな。メリーは利口だから。家族も大丈夫さ」

その通りだ。メリーなら大丈夫だ。悲観ばかりする必要はない。

「こんにちは、なんて言いながら、そのうち、メリーは挨拶に来るさ」

「あの、メリーさんに渡して貰いたいものがあるんですが、預かっていただけるでしょうか？」

アランはもちろんだと言った。

僕は鞄から箱を取り出しアランに手渡した。そして、牧師から貰った便箋に手紙を書いて添えた。手紙で餞別の礼を言った。ドリスに会って来たことも伝えた。そして、メリーが日本人形が欲しいと言ったことを今頃になって思い出したことを詫び、英国に滞在中のメリーとフォード家の親切に改めて感謝した。


出航日の朝、チャールズがローズと共に車でサザークのホテルに来た。旅行鞄一つになった僕の身軽さにローズは驚いていた。

「家族や友達への土産も申し訳程度しかないんで。古くなった服は捨ててしまいましたし」

「もう英国に未練はないって訳だ」

「ええ」

未練はあったが口にしても仕方ない。

「ドリスにも会ったしね」

「はい、会いに行って本当に良かったです」

「悪かったね。屋敷の場所も知らなくて。おまけに、引っ越してたなんて」

チャールズが申し訳なさそうに言った。

チャールズが運転する車は混雑する道を港に向かった。ホワイトチャペル付近で、道に並んだ出店の賑わいを見ると、世の中が本当に不況に見舞われているのか疑ってしまう。ライムハウスでは、倫敦に到着した時には気付かなかったが、道を歩く人の中にアジア人やアフリカ人が多く混じっていることに気付いた。

これから五十日をかけて僕を日本に連れ戻す『熱海丸』は悠然と港に停泊していた。乗船手続きはあっけなく終わり、ローズとチャールズは船にまで乗り込んできて、桟橋に集まる見送り人の様子を見ながら甲板で話をした。チャールズはローズの肩に腕を回して立っていた。

「女性運動に打ち込むなんてドリスらしいわ」

ローズが言った。

「ローズさんはこれからどうするんですか？」

「私は究極のパーティーを探し続けるわ」

チャールズと僕が笑うとローズは気を悪くした。

「楽しんでこそ人生でしょう」

僕達は勿論そうだと答えた。

「君はどうするの？」

ローズがチャールズに聞いた。

「軍縮会議の手伝いを出来ることになってる」

「国際会議の？　何をするの？」

「会議場の準備をね」

「見直したわ」

ローズはチャールズの頬にキスをした。

「セイジさんは？」

「まず、仕事を見つけないと。うまく見つかればいいんですけど」

「英国滞在の経験を活かせば、簡単に見つかるでしょう？」

勿論、チャールズはいつでも楽観的だ。

「どっちにしても、手紙のやり取りはしよう」

周りでは英国人同士、日本人同士、あるいは僕達のように日本人と英国人が混じって、握手をしたり、抱き合って涙を流したり、別れを惜しんでいる。

ついに銅鑼が鳴り、見送り人は下船する時間になった。チャールズと握手をした。ローズは僕に抱きつき、さようならと言った。二人は舷梯を降りて行った。帰国する日本人と栈橋に残る日本人が一斉に万歳と声を上げた。

　船のエンジンが大きく唸り始めた。ローズとチャールズは桟橋から船を見上げ、僕に向かって大きく手を振っている。船は揺れながら徐々に岸壁から離れて行った。それでも、ローズとチャールズの姿ははっきりと見えた。二人は手を振るのを止めた。帰路に就くのか、こちらに背を向けた。すべてが終わった。僕の倫敦は終わった。船室に降りて、鞄を開けて長旅の準備をしよう。

　その時、二人が振り返り、僕を指差した。そして二人の間から、茶色の髪の女性が現れた。メリーだった。メリーは僕の姿を見つけた。そして、アランに預けた日本人形を僕が見えるように頭の上まで掲げた。何かを叫んでいるが船のエンジンの音で聞き取れない。メリーの手には白い便せんも握られていた。メリーの瞳からこぼれる涙が手に取るように見えた。僕は両手を大きく振った。突然、胸が苦しくなった。そして、どうしてもこの国を離れたくなくなった。

倫敦1929

二〇一九年八月十日　初版第一刷発行

著　者　杉浦ノビイ
発行者　谷村勇輔
発行所　ブイツーソリューション
〒四六六・〇八四八
名古屋市昭和区長戸町四・四〇
電　話　〇五二・七九九・七三九一
FAX　〇五二・七九九・七九八四
発売元　星雲社
〒一一二・〇〇〇五
東京都文京区水道一・三・三〇
電　話　〇三・三八六八・三二七五
FAX　〇三・三八六八・六五八八
印刷所　モリモト印刷

万一、落丁乱丁のある場合は送料当社負担でお取替えいたします。ブイツーソリューション宛にお送りください。

ISBN978-4-434-26003-2